## Das Buch

In 12 spannenden Kurzkrimis passieren an ungewöhnlichen und schaurigen Orten dramatische sowie blutige Verbrechen mit unerwarteter Auflösung. Dabei geht nicht immer alles glatt, und so kommen die Geschichten auch schon mal mit einem Augenzwinkern daher.

## Die Autorin

# Ethel Scheffler

Schreibt vorwiegend Krimikurzgeschichten, über wahre Fälle und Regionalliteratur

www.scheffler-stories.de

# Ethel Scheffler

# Kaltes Lager

## Krimikurzgeschichten

**Die Autorin wünscht spannende Unterhaltung!**

## Impressum

2. Ungekürzte Taschenbuchausgabe
Copyright © 2022, Ethel Scheffler
Bilder by pixabay
Verlag: BoD · Books on Demand GmbH,
In de Tarpen 42, 22848 Norderstedt
Druck: Libri Plureos GmbH, Friedensallee 273,
22763 Hamburg
ISBN: 978-3-7557-0810-0

# Inhaltsverzeichnis

# Phantom der Oper

»Kommst du nun endlich!«, rief Robert die Treppe hinauf in Richtung von Monikas Zimmer. »Dass Frauen nie pünktlich fertig sind«, murrte er leiser und nahm wartend in dem Sessel im Eingangsbereich Platz. Eigens zu diesem Zweck hatte er ihn sich in die Diele gestellt.

Er wäre lieber zu Hause geblieben. Doch Monika hatte ihm anlässlich seiner Beförderung zum Chefarzt etwas ganz Besonderes versprochen – den Leipziger Opernball.

Mit ihren Vorbereitungen auf dieses gesellschaftliche Ereignis strapazierte sie allerdings seine Nerven. Der Gedanke an ein rauschendes Bankett mit einem 3-Gänge-Menü vom Feinsten, Tanz und Unterhaltung hatte Monika regelrecht elektrisiert. Sie erzählte jedem, auch ungefragt, dass sie nicht nur zum Vergnügen dort hingehen würden. Es sei schließlich eine Benefizveranstaltung. Sie hätten eine Aufgabe zu erfüllen.

Bereits Wochen vorher war Monika durch die Kaufhäuser und Boutiquen gehastet. Die Auswahl war nicht einfach. Dabei interessierte sie nicht der Preis, wenn ihr der Schuh oder das Kleid gefiel.

Nur etwas Besonderes musste es sein. Schließlich wollte sie unter den fast 2000 prominenten Gästen aus Wirtschaft, Kultur und Sport sowie Film und TV nicht wie Alma Mumsickel aussehen.

»Jetzt gehören wir schließlich dazu«, lag sie Robert ständig in den Ohren.

Was bedeutete das schon? Er dachte an die Probleme auf seiner Station.

Das Klappen der Tür riss Robert aus seinen Gedanken. Monika rauschte in einem enganliegenden Seidenkleid die Treppe herunter, funkelte und strahlte wie ein Blautopas. Der bezaubernde Anblick seiner Frau verscheuchte die sorgenvollen Gedanken.

Ganz Gentleman, öffnete er ihr die Tür und der Taxifahrer beendete rasch seine unfreiwillige Pause.

Monikas Augen glänzten, als sich das Auto dem Augustusplatz näherte. Laserstrahlen tauchten die Oper in zarte Pastelltöne. Majestätisch und festlich zugleich hob sich das im klassizistischen Stil errichtete Gebäude von den umliegenden ab. Mit einem roten Teppich und gleißendem Scheinwerferlicht empfing das Opernhaus gebührend seine Gäste.

»Das ist hier wie in Hollywood«, hauchte Monika beeindruckt und begutachtete die anderen Abendkleider.

»Ich denke, Leipzig wird als Klein-Paris bezeichnet?« Robert musste über Monika lächeln. Sie folgten ganz einfach den Gästen, die schon in das Hauptfoyer strömten.

Riesige Kronleuchter, deren Form Tausende von Blüten nachahmte, hingen an der Decke wie kristallene Blumensträuße und verbreiteten ein angenehmes feierliches Licht. Über eine der zwei geschwungenen Haupttreppen gelangten sie in das Parkett. Eingehüllt von verführerischen Duftnoten flanierten die Damen zu den festlich eingedeckten Tafeln. Die an den Rückenlehnen angebrachten cremefarbenen Schleifen gaben dem würdevollen Rahmen etwas Beschwingtes, so als wirke die Leichtigkeit des Sommers nach.

Monika warf ihre blonden Locken in den Nacken und genoss die bewundernden Blicke einiger Herren auf dem Weg zu ihrem Platz. In bester Laune neigte sie sich mit einem Sektglas zu Robert und flüsterte: »Auf einen schönen Abend. Wir wollen heute richtig feiern. Du hast ja sonst immer so wenig Zeit für mich.«

Robert runzelte die Stirn. Was sollte das jetzt? Schließlich legte er sich krumm für sie und seine kleine Tochter Marie. Das Haus konnte ja nicht groß genug sein, und sein alter Opel hätte ihn auch noch eine Weile zum Dienst gefahren. Die Gläser gaben einen feinen Klang. Aber Robert war verstimmt.

Während alle dem Opernchor bei der feierlichen Eröffnung lauschten, schweiften Roberts Gedanken zu Helen. Seine erste Frau hatte ihm nie Vorwürfe gemacht oder Ansprüche gestellt. Das Leben mit ihr und seinem Sohn Martin war so leicht. Bis zu jenem Tag. Bitterkeit stieg in ihm auf. Das war nun gut fünf Jahre her und eigentlich müsste Robert glücklich sein. Nach Helens Weggang fand er in dieser bezaubernden Messestadt einen neuen Anfang und hatte Karriere gemacht.

»Robert, wo bist du mit deinen Gedanken? An was zum Teufel denkst du an so einem Abend?« Monika zog einen Schmollmund und schmachtete ihn an. Verlegen rückte er seine perfekt sitzende Brille zurecht. Wegen diesem Blick hatte er ihr so manchen teuren Schuh- oder Taschenkauf verziehen. Er legte den Arm um ihre Schulter. Sie hatte ja recht. Jeder amüsierte sich, nur er hing der

Vergangenheit nach. Dabei konnte er stolz auf sich sein. Er gab sich einen Ruck.

Nach dem vorzüglichen Essen führte er sie zur Bar und schwebte auch eng umschlungen mit ihr über die Tanzfläche.

»Jetzt brauche ich etwas Kühles«, lächelte Monika ihren Gatten verführerisch an. Vorbei an aufgestellten Bühnendekorationen schritten sie erneut zur Bar.

»Robert?«, mit dunkler Stimme rief jemand den frischgebackenen Chefarzt. Robert drehte sich um und erkannte Christian aus seiner alten Heimatstadt Marburg. Dieser stürzte mit ausgebreiteten Armen auf ihn zu, der eher verblüfft als freudig überrascht zu sein schien. Er machte seinen früheren Freund mit Monika bekannt. Sie musterte ihn eingehend und hoffte, dass dieser Bierbauchträger in Nadelstreifen sich bald wieder verabschieden möge.

»Ich bin mit zwei Geschäftspartnerinnen in Leipzig. Wir fahren in zwei Tagen zurück. Wollen wir uns mal treffen und über die alten Zeiten plaudern?«

»Ich habe kaum Zeit. Im Moment ist es schwierig. Aber ich bin im Rahmen eines wichtigen

11

Ärztekongresses nächste Woche in Marburg. Vielleicht rufe ich dich an, wenn es zeitlich passt.«

»Alles klar. Du, ich muss. Gerade Geschäftspartnerinnen sollte man nicht so lang allein lassen.« Er verabschiedete sich und klopfte Robert vertraut auf die Schulter. Robert und Monika setzten ihren Weg zur Bar fort.

»Von dem Kongress hast du mir noch nichts gesagt.« In ihrer Stimme schwank Unmut mit.

»Das hätte ich schon noch.« Er bestellte zwei Manhattan, als der Barkeeper gerade in seine Richtung schaute. Robert griff nach den Drinks und gab ihr ein Glas. »Du siehst wunderschön aus in diesem Kleid«, flüsterte er ihr ins Ohr und legte einen Arm um ihre Taille. Vorhin hätte sie sich noch gefreut über dieses Kompliment. Jetzt ließ sie sich davon nicht ablenken.

»Soll ich dich begleiten? Deine Mutter freut sich bestimmt, Marie wieder einmal zu sehen.«

»Das ist nicht nötig. Es sind nur drei Tage. Ich halte meine Fachvorträge und komme am dritten Tag zurück. Meine Eltern sind noch im Italienurlaub. Die würdest du nicht antreffen« Robert bestellte sich noch ein Glas. Er konnte ihr nicht sagen, dass er die Gelegenheit nutzen wollte, um das Grab von seinem Sohn Martin zu besuchen.

Ihn zernagte fast die Sehnsucht, einfach mal allein eine Stunde bei ihm zu sitzen. Mit Monika ging dies nicht. Sie reagierte darauf immer sehr abweisend. Die Wunden müssten doch nun mal verheilt sein, meinte sie erst kürzlich. Außerdem hätte er jetzt seine kleine Marie. Vielleicht wäre Robert eher darüber hinweggekommen, wenn damals der Fahrer des roten Golfs gefunden worden wäre. Dies und der Schmerz über den Verlust ließen die Beziehung zu Helen scheitern. Aber er dachte oft an sie. Immer wenn es Streit mit Monika gab.

»Ich könnte Marie bei meinen Eltern unterbringen, dann hätten wir die Abende für uns«, riss sie Robert aus seinen Gedanken. Sie musste einen Weg finden, damit er nicht allein fahren würde. Immer, wenn sie seine Eltern in Marburg besuchten, ließ sie ihn keinen Augenblick aus den Augen.

Robert wunderte sich, wie sie um diese drei Tage rang. Sonst war sie nie begeistert, wenn es um einen Besuch in Marburg ging.

»Das ist toll, Schatz, dass du mich so liebst, dass du keine Nacht ohne mich sein willst. Aber ich fahre diesmal definitiv allein.«

Die Wut stieg in Monika hoch. Sie ließ sich jedoch nichts anmerken, lächelte ihm zu und stellte das leere Glas zurück. Sie setzten sich wieder an ihren Tisch. Monika hatte plötzlich keinen Blick mehr für ihre Tischnachbarn.

Robert war froh, dass er wieder sitzen konnte. Tanzen gehörte nicht zu seinen Stärken. Er wunderte sich, dass Monikas Heiterkeit verflogen war, wie bei einem Kind, das sein Eis nicht bekam. Vielleicht ist sie bloß zu viel allein, dachte Robert. Nur mit dem Kind, so ohne Arbeit und Haushalt, da konzentriert sie sich bestimmt zu sehr auf mich.

»Aber, wir können meine Eltern mal wieder zu uns einladen«, nahm er das Gespräch wieder auf. »Ich werde meine Mutter gleich morgen anrufen, dass sie gleich nach dem Urlaub zu uns kommen. Die Gästezimmer sind jetzt eingerichtet. Sie könnten eine Weile bei uns bleiben.« Robert hoffte auf ihre Zustimmung.

»Tolle Idee«, heuchelte Monika. Sie begriff, dass sie im Moment nichts ändern konnte.

Mit Erleichterung nahm Robert ihre Zustimmung auf. Für ihn war damit der Disput erledigt. Ganz Gentlemen ließ er den Rest aus der Flasche in ihr Glas sprudeln. »Da müssen wir noch eine Flasche ›Rotkäppchen‹ bestellen«, schwenkte er die Flasche und winkte, nicht mehr ganz nüchtern, nach der Bedienung.

»Prima und ich gehe noch ein paar Lose kaufen. Die Preise sind zu verlockend.« Sie stupste ihn mit dem Zeigefinger auf die Nase und erhob sich.

Er blickte auf die Uhr. Durch seine Nachtdienste auf Station war er solche Zeiten gewöhnt.

Ein Trommelwirbel kündete die Verlosung der Tombolapreise an. Alle strömten ins Foyer. Wo Monika nur blieb? Robert stand auf und ging in das Untergeschoss zu den Toiletten. Jetzt, wo alle auf den Hauptgewinner warteten, würde dort kein Andrang mehr sein. Kunstvoll aufgebaut standen auch hier Bühnendekorationen und üppige Blumengestecke in den Gängen.

Ach, vielleicht müssten wir öfter ins Theater oder in die Oper gehen. Immer nur Arbeiten, das hält doch kein Mensch auf Dauer aus. Monika würde das bestimmt gef...

Robert konnte nicht mehr zu Ende denken.

Der Schlag traf ihn hart und unerwartet. Er sackte leblos zusammen.

Monika verstand die Aufregung nicht, die plötzlich unter den Anwesenden im Foyer herrschte. Sie hielt noch ein Los in der Hand. Ihre Neugier war stärker. Sie raffte leicht ihr Kleid und folgte trippelnd der aufgeregten Menge zum seitlichen

Bühneneingang. Mühsam hielt die Polizei den Weg für den Notarzt frei.

Sie streckte sich, um einen Blick auf die Krankentrage zu erhaschen. Ihr Antlitz wurde kreidebleich. Roberts Kopf blutete heftig und die Augen waren geschlossen. Lebte er noch? Monika kam an der Menge nicht vorbei. Sie sah von weitem, wie sie ihn in den Wagen schoben und mit Blaulicht davonfuhren.

Hauptkommissar Reber schlug mit der Faust auf die Akten. Dieser Morgen konnte kein guter mehr werden. Er kam in diesem Fall einfach nicht weiter. Die Kollegen machten schon ihre Witze: Er jage das ›Phantom der Oper‹. Reber kratzte genervt seinen Hinterkopf. Überall schien es zu kribbeln und zu jucken. Er überlegte angestrengt. Hatte er irgendetwas übersehen? Ihm war es unerklärlich, dass jemand versuchte, einen Arzt auf einem Opernball zu erschlagen.

Der Anschlag wäre um ein Haar geglückt. Jetzt ließ er den Doktor im Einzelzimmer rund um die Uhr bewachen. Drei Tage lag er im Koma, bevor er wieder zu sich kam. Er würde wieder ganz gesund werden. Leider konnte er sich bis jetzt an nichts erinnern.

Alle Ermittlungen blieben bis jetzt erfolglos. Die Befragung der Ehefrau Monika Weidner ergab keinerlei Hinweise. Er glaubte ihr, dass sie, als es passierte, im Foyer stand und die Verlosung der Tombola in der Hoffnung auf den Hauptgewinn verfolgte. Weinend wie ein Schlosshund hatte sie vor ihm gesessen und gefragt, wer einem Arzt so etwas antue, der doch den ganzen Tag sein Bestes gebe, um Menschen wieder gesund zu machen. Vorteile von seinem Tod hätte sie nicht gehabt. Im Gegenteil. Das Haus musste noch abbezahlt werden. Die Lebensversicherung hätte das nicht abgedeckt. Außerdem galt die Ehe als glücklich. Auf seiner Station war der Chefarzt nicht nur bei den Schwestern beliebt. Die Patienten lobten ihn, weil er ihnen bevorstehende chirurgische Eingriffe und ihre Risiken mit einfachen Worten erklären konnte. Sein Können, auch bei schwierigen Operationen, war geschätzt. Seit Langem wusste jeder Kollege, dass er als Chefarzt nachrücken sollte. Da hätte ein sich übergangen gefühlter Kollege andere Gelegenheiten nutzen können.

Von den Gästen hatten viele das Weite gesucht, weil sie einer Befragung ausweichen wollten. Einige waren vorher schon gegangen und der Großteil war, vorsichtig ausgedrückt, doch recht angeheitert gewesen. Sie hatten nichts gesehen oder bemerkt. Die Befragungen brachten keine Erkenntnisse.

Reber blätterte und las in seinen Notizen. Nein, er hatte nichts übersehen. Auf der neben dem Arzt gefundenen schweren Dekokugel waren keine Fingerabdrücke gefunden worden. Der Täter hatte die günstige Situation ausgenutzt, dass alle, fast alle, die Ziehung der Hauptpreise verfolgt hatten. Über den samtartigen Teppich muss es leicht gewesen sein, dem Arzt nachzuschleichen. Der Täter hatte stimmt die Dekorationen auf dem Gang als Deckung genutzt.

Außerdem war der Arzt zu diesem Zeitpunkt nicht mehr nüchtern und sein Reaktionsvermögen stark eingeschränkt. Der Schlag hatte gesessen. Sofort bewusstlos zusammengesackt, wirkte er, als sei er tot.

Reber blickte auf die Uhr. Kurz vor Mittag. Morgen wurde der Doktor entlassen. Er wollte ihn noch einmal sprechen. Vielleicht war ihm doch etwas eingefallen. Wenn nicht, würde er sich schweren Herzens entschließen müssen, die Akte beiseite zu legen.

Es regnete in Strömen als Reber zu seinem Auto lief. Er dachte nur an den Fall und verpasste um ein Haar die Einfahrt zur Uniklinik. Fluchend suchte er einen Parkplatz. Dreimal fuhr er um das Karree, ohne Erfolg. Genervt stellte er den Wagen auf einem der freien Behindertenparkplätze vor dem Eingang ab. Im Eingangsbereich schüttelte er sich die Nässe ab. Die Schwester auf der Station lächelte dem Kommissar zu. Ihr Lächeln wärmte ihm das Herz bei diesem Mistwetter.

Der wachhabende Polizist saß gelangweilt vor der Tür. Er sprang auf und meldete, dass nichts passiert sei. Reber winkte freundlich ab. »Geh mal einen Kaffee trinken. Ich bin jetzt bei ihm.«

Reber traf den Arzt im Krankenzimmer an einem kleinen Tisch sitzend an. Im Jogginganzug las er in einem medizinischen Fachbuch. Dieser Mann flößte ihm Respekt ein.

»Na, Herr Kommissar, gibt es neue Erkenntnisse?«, begrüßte er ihn.

Reber gab ihm die Hand und hielt sich nicht lange mit Vorreden auf. Er machte dem Arzt klar, dass er die Wache vor seiner Tür abziehen müsse, ja sogar die Akte schließen werde, wenn ihm nicht noch etwas eingefallen sei. Robert konnte ihm beim besten Willen nicht helfen und machte dem Kommissar auch keinen Vorwurf.

»Vielleicht war es ein ehemaliger Patient, dem Sie nicht so helfen konnten, wie er es erwartet hatte?«, versuchte Reber dem Arzt auf die Sprünge zu helfen.

»Ich weiß es nicht. Wir Ärzte sind auch nur Menschen und keine Halbgötter in Weiß. Auch wenn sich einige so benehmen.«

»Sie werden mir immer sympathischer, Herr Doktor. Bedenken Sie jedoch, der Täter könnte es wieder versuchen.«

Robert stand auf und strich sich über seine kurzen schwarzen Haare, die an den Schläfen schon Grau zeigten.

»Danke für den Hinweis, Herr Kommissar.« Robert nahm die Brille ab und hauchte die Gläser an. »Keine Angst, ich werde in Zukunft aufpassen und schauen, wer hinter mir steht.« Er polierte die Gläser mit einem Tempotaschentuch und hielt sie anschließend prüfend gegen das Licht, bevor er sie aufsetzte.

»Also, Herr Doktor Weidner, achten Sie gut auf sich. Sollte Ihnen noch etwas einfallen, rufen Sie mich einfach an.«

Robert nickte. Er freute sich auf morgen, auf seine kleine Familie, auf zu Hause.

Doch Monika hatte eine Erholungsreise in die Schweiz für sie Drei gebucht. Er war ihr dankbar, denn er brauchte von all den Dingen Abstand.

Seit einer Woche arbeitete Robert wieder auf seiner Station. Der Alltag hatte den Arzt nach dem herrlichen Aufenthalt in den Schweizer Bergen wieder fest im Griff. Marie ging jetzt vormittags in den Kindergarten und Monika hatte mehr Zeit für sich. Robert riet ihr, vielleicht stundenweise wieder in ihrem Beruf zu arbeiten. Immerhin war sie Krankenschwester, als sie sich kennenlernten. Er könnte das alles im Krankenhaus regeln. Da käme sie wieder auf andere Gedanken. Doch Monika zeigte wenig Interesse. Sie schob immer wieder das große Haus vor, welches sie zu unterhalten hätte. Außerdem wären da noch der Garten und die Wäsche und so weiter. Eine Haushälterin lehnte sie ab. Da wisse man nie so genau, wen man sich ins Haus hole. Wenn sie damit zufrieden war, sollte es Robert recht sein.

Noch kein Vierteljahr war es her, dass Kommissar Reber die Akte von dem Überfall auf den Chefarzt Dr. Robert Weidner geschlossen hatte. Jetzt besuchte er den Doktor auf seiner Station und ihm

war nicht wohl in seiner Haut. Die Stations-
schwester bot ihm an, im Büro des Doktors zu
warten.

Verlegen rutschte er auf dem Stuhl hin und her.
Krampfhaft überlegte er, wie er die grauenvolle
Nachricht in Worte kleiden sollte. Schweißperlen
traten ihm beim Anblick des Doktors auf die Stirn.

Robert spürte sofort, dass der Beamte nicht um
seiner selbst willen auf ihn wartete. Er begrüßte
ihn freundlich und setzte sich ihm gegenüber an
den Besprechungstisch.

»Gibt es etwa neue Erkenntnisse in meinem
Fall oder was haben sie auf dem Herzen?«

»Ich habe schlechte Nachrichten für Sie.« Reber
stockte. Es fiel ihm nicht leicht, diesem tüchtigen
Mann offen in sein markantes Gesicht zu blicken.
»Ich muss Ihnen leider mitteilen, dass mit Ihrem
Auto ein Unfall passiert ist.« Reber sah, wie das
Gesicht des Arztes die Farbe seines Kittels an-
nahm.

Stumm und mit aufgerissenen Augen, so hing
Robert an den Lippen des Kommissars, denn das
Gesagte konnte nur ein Teil der Nachricht sein.

»Es ist heute Vormittag passiert. Ihr Auto ist
aus noch ungeklärter Ursache von der Landstraße

abgekommen, prallte frontal an einen Baum und brannte anschließend aus.«

Robert hielt sich plötzlich an der Lehne fest. Seine Handknöchel wurden weiß. Er kämpfte um Haltung.

In solchen Minuten hasste der Kommissar seinen Beruf. »Wir haben zwei verbrannte Frauenleichen geborgen. Eine wird Ihre Frau sein. Die andere ist bisher unbekannt. Sie hatte nichts bei sich.« Er ließ dem Doktor etwas Zeit.

Dieser sprang auf, lief wortlos und kopfschüttelnd hin und her. Unvermittelt blieb er im Raum stehen und blickte dem Kommissar fest in die Augen. »Sind Sie sicher? Monika?«

Reber nickte nur.

Es war, als bekäme der Arzt wieder einen Schlag auf den Kopf. Kraftlos sank er auf den Stuhl und hielt die Hände vor die Augen. Das war auch für einen Mann wie ihn zu viel. Er hob plötzlich den Kopf. »Marie!«, durchzuckte es ihn.

»Was ist mit Marie?«

»Ihre Schwiegermutter hat Marie vom Kindergarten abgeholt. Sie wird es ihr so schonend wie möglich erzählen.« Wenigstens in diesem Punkt konnte er den Arzt beruhigen. »Wissen Sie, wohin

Ihre Frau wollte und mit wem sie unterwegs war? Wer könnte die andere Frau sein? «

Robert antwortete mechanisch: »Meine Frau hat mir heute früh nicht gesagt, was sie vorhatte oder mit wem sie verabredet ist. Es ist mir ein Rätsel.« Seine Unterlippe zitterte.

Der Kommissar erhob sich. »Sie können heute nicht mehr arbeiten. Ich lasse Sie nach Hause fahren.«

Es war Monika in dem Auto gewesen, wie der Kommissar richtig vermutet hatte. Wer die andere Frau am Lenkrad gewesen war, blieb ungeklärt. Auch was das Auto von der Fahrbahn abgebracht hatte, konnte nicht ermittelt werden. Irgendetwas musste die beiden so abgelenkt haben, dass sie nicht in der Lage waren, noch zu bremsen. Der Aufprall bei der hohen Geschwindigkeit ließ den beiden keine Chance.

Robert stürzte sich in die Arbeit und suchte dort Halt und Vergessen. Er schien um Jahrzehnte gealtert. Seine Mutter war vorübergehend zu ihm gezogen. Sie kümmerte sich um Marie, gab ihr Geborgenheit und Wärme.

Einen Monat nach dem ganzen Unglück lag ein auf Termin zugestellter Brief mit dem Vermerk »persönlich« in der Post. Er lag auf dem kleinen Sideboard in der Diele. Geschafft nach einem langen Arbeitstag nahm Robert den weißen Briefumschlag ohne weitere Beachtung mit nach oben in sein Arbeitszimmer und setzte sich an den Schreibtisch. Jetzt, beim genaueren Hinsehen, wurde ihm mulmig. Es war lange her, aber er erkannte die kleine schnörkelige Schrift sofort. Das konnte nicht sein. Der Brief war von seiner ersten Frau: Helen! Gute Helen! Hastig riss er den Brief auf und konnte kaum glauben, was er las:

*Liebster Robert,*

*wenn Du diese Zeilen liest, weile ich nicht mehr unter den Lebenden. Ich bin schwerkrank. Die Ärzte gaben mir noch ein Jahr. Du als Arzt weißt, was das bedeutet.*

Robert ließ den Brief sinken. *Arme Helen, wenn ich nur etwas gewusst hätte.* Tieftraurig las er weiter:

*Ich möchte Dir danken für die glücklichste Zeit in meinem Leben. Als unser Sohn Martin geboren wurde, schien das Glück keine Grenzen zu kennen. Bis zu jenem Unglückstag.*

*Verzeih mir, dass ich Dich damals mit dem ganzen Schmerz alleingelassen habe. Aber ich konnte nicht anders. Später erfuhr ich, dass Du wieder geheiratet und eine kleine Tochter hast. Ich freute mich so für Dich.*

*Die Arbeit gab mir Halt und lenkte mich ab. Doch eines konnte ich nie verwinden: dass der Fahrer des roten Golfs ungestraft davonkam. Vielleicht hätte unser Sohn überlebt, wenn der Fahrer nicht geflohen wäre und Hilfe geholt hätte. Du weißt, ganz ausgeschlossen hatten es die Ärzte damals nicht.*

Die Buchstaben verschwammen vor seinen Augen. Er tastete nach einem Tempotaschentuch in seiner Hosentasche und wischte sich über die Augen. Dann holte tief Luft.

*Ich arbeite in einer Hausverwaltung. Wohnungsräumungen sind immer unangenehm. Vor einem halben Jahr war ich bei der Räumung einer Wohnung anwesend, deren Mieter wegen jahrelangem Alkoholgenuss verstorben war. Irgendwann versagt auch die beste Leber. Ich machte mich aufs Schlimmste gefasst. Nicht der vermüllte Zustand der Wohnung versetzte* mir einen Schock, sondern ein halb verdecktes Bild auf einem Regal. Zwischen den verstaubten Bierdosen, anrüchigen Zeitschriften und leeren Zigarettenschachteln hätte ich es fast übersehen.

Eine junge Frau stand in aufreizender Pose vor einem roten Golf mit Leipziger Kennzeichen, welches leider nicht vollständig zu erkennen war. Ich muss wohl minutenlang auf das Bild gestarrt haben, bis ich in der Lage war, wieder einen klaren Gedanken zu fassen. Eine dunkle Ahnung stieg in mir auf. Nach einem roten Golf mit einem Leipziger Kennzeichen hatte niemand gefahndet. War der Verstorbene etwa der Fahrer? Ich steckte das Bild ein.

Ich fand schnell heraus, dass der Verblichene damals als Autolackierer arbeitete. Später muss er seine Bekannte damit erpresst haben, dass er in einer Nacht- und Nebelaktion ihr Auto neu lackiert hatte. Das bewiesen die Bareinzahlungen auf alten Kontoauszügen, die in einem vergammelten Hefter lagen und den ich damals ebenfalls mitnahm. In dieser Zeit lebte ich wie im Fieberwahn. Die Polizei konnte mir auch nicht helfen. Nur ein ›L‹ als Anhaltspunkt auf einem Kennzeichen reichte nicht aus.

Ich wollte das Foto veröffentlichen. Irgendjemand würde doch die Frau erkennen. Mein Rechtsanwalt nahm mir auch diese Hoffnung. Es waren seit damals

*mehr als fünf Jahre vergangen. Damit ist die Fahrer-*
*flucht mit Todesfolge verjährt.*

*Ach Robert! Wie groß war mein Erstaunen, als ich*
*Dich auf dem Leipziger Opernball traf. Gut sahst Du*
*aus. Mein Chef hatte mich mitgenommen, weil er Ge-*
*schäftsfreunde auf dieser Veranstaltung treffen wollte.*

*Mir blieb fast das Herz stehen, als ich in Deiner*
*Frau die Frau auf dem Bild erkannte. Ich weiß nicht,*
*wie sie es geschafft hat, Dich kennen zu lernen und um*
*den Finger zu wickeln. Jedenfalls wusste sie von un-*
*serem Unglück. Ich kenne Dich. Du hast es ihr erzählt.*

*Ich konnte es nicht fassen. Einer Ohnmacht nahe,*
*verließ ich sofort dieses herrliche Fest. Einen Tag später*
*las ich in der Zeitung von dem Überfall auf Dich. Sie*
*muss es gewesen sein.*

Merkwürdig. Erst jetzt fiel Robert die Porzellan-
figur ein, die Monika auf der Tombola gewonnen
hatte und die auf ihrem Nachttisch stand.

*Ich musste wieder zurück nach Marburg. Ich beschloss,*
*wiederzukommen. Doch die Diagnose Krebs änderte*
*alles. Für mich gab es keine Hoffnung mehr und sie, sie*
*hatte kein Recht, an Deiner Seite zu leben. Ich erspare*
*Dir die Einzelheiten, wie ich sie unter einen Vorwand*
*kennen lernte und sie mich ans Steuer lassen wird.*

*Kurz vor dem Aufprall werde ich ihr sagen, warum diese Autofahrt tödlich enden wird.*

*Verzeih mir liebster Robert. Denk jetzt an Maria. Sie braucht einen guten Vater, denn sie hatte eine schlechte Mutter!*

Mit Tränen in den Augen nahm Robert einen Briefumschlag aus dem Schreibtisch. Er adressierte ihn an Hauptkommissar Reber.

## Tiefer und tiefer

»Du gibst mir jetzt sofort dein Handy!« Die steile Zornesfalte stand drohend auf der Stirn von Lehrer Hansen.

»Das ist meins! Ich muss es Ihnen nicht geben!«, antwortete etwas weinerlich, aber bestimmt der blonde Sven aus der 6a.

»Gut, dann gehen wir zum Direktor«, beharrte der Lehrer eindringlich auf seiner Forderung. »Deine Eltern werden sehr erfreut sein, wenn sie dich dort abholen müssen.«

Das Gelächter war plötzlich abgebrochen, als die um Sven stehenden Schulfreunde den Lehrer auf dem Gang sahen. Schnell stiebten sie in die Klassenzimmer. Nur Sven hatte Hansens Herankommen nicht sofort bemerkt. Jetzt stand er da mit dem Handy in der Hand, wie der letzte Depp. Der erste Schultag nach den Herbstferien fing ja gut an.

Hansen wich jedoch keinen Meter beiseite: »Na, wird's bald?«, unterstrich er mit ausgestreckter Hand seine Forderung.

Eigentlich fand Sven seinen Lehrer ganz nett. Aber er wusste, dass es jetzt mächtigen Ärger geben würde. Zögerlich und mit nach unten gerichtetem Blick, reichte er ihm dann doch das Handy. Genau genommen, war er ja nicht schuld. Er hatte seinen Kumpels nur das Video gezeigt, das ihm sein großer Bruder per WhatsApp gesendet hatte. Der fünfunddreißigjährige Hansen klickte sich in die Fotogalerie, um zu sehen, was er schon vermutet hatte.

Der Videoclip zeigte ihn in der Kneipe *Zur Strandeule*. Er saß vornübergebeugt mit dem Kopf auf dem Tisch. Erst scheinbar schlafend richtete er sich plötzlich auf und nach offensichtlich zu reichlichem Biergenuss schwankte er zur Tür.

»Na, habe ich es doch vermutet!« Hansen war außer sich vor Wut. »Was hast du dir dabei gedacht?«

»Ich habe das gar nicht gefilmt.«

»Aber du zeigst es überall herum.« Hansen fuchtelte mit dem Handy vor Svens Nase wie mit einem schwarzen Zeigefinger.

»Ob ich den Clip hier allen zeige oder nicht, spielt überhaupt keine Rolle. Jeder kann ihn auch im Internet sehen und sich herunterladen.«

Auch das noch! Geschockt ließ Hansen das Handy in seiner Jackentasche verschwinden. »Ich werde es dem Schulleiter geben. Soll er doch entscheiden, wie Du bestraft werden sollst. Jetzt ab

31

zum Unterricht«, würgte Hansen sehr beherrscht hervor.

Sven sah zu, dass er mit schnellen Schritten in die Klasse kam.

Hansen ging eilig ins Lehrerzimmer, um das Klassenbuch zu holen. Wie sollte er auf diese Bloßstellung reagieren? Die Schulglocke riss ihn aus seinen Gedanken. Innerlich aufgewühlt, betrat er das Klassenzimmer der 6a. Ihm bot sich ein gewohntes Bild: Lukas beschrieb Thomas sein neuestes Computerspiel, Christian schien beschlossen zu haben, dass es vielleicht günstig wäre, doch noch das Mathezeug auszupacken und der dicke Frieder biss noch mal in seine Wurstschnitte. Hatte überhaupt jemand bemerkt, dass er hereingekommen war?

»So, die Ferien sind vorbei«, rief er und ließ das Klassenbuch betont laut auf den Tisch knallen. Im Zeitlupentempo bewegten sich jetzt die meisten Schüler zu ihren Plätzen. Sie fläzten sich mit Null-Bock-Stimmung auf die Stühle und blickten gelangweilt in Hansens Richtung.

»Damit es jeder merkt, werden wir mit einem Mathetest das Gedächtnis auffrischen.« Hansen, wieder etwas gefasst, machte ein ernstes Gesicht. Aber hinter dieser Fassade verbarg er seine innere

Freude, sich mit dieser Mathearbeit für das Video zu rächen.

Die meisten Schüler quittierten die Maßnahme mit lauten Unmutsäußerungen, während Hansen mit Schwung die Aufgabenblätter verteilte. Schon lange vermied er es, Aufgaben oder Termine an die Tafel zu schreiben. Ständig flogen währenddessen ein paar Papierkügelchen oder andere Sachen an seinem Kopf vorbei. Bisweilen verwandelte sich die Klasse hinter seinem Rücken in einen Bauernhof. Mal krähte ein Hahn oder es wurde gegrunzt.

Endlich hatten sich alle mehr oder weniger mit der Arbeit abgefunden und mit der wahrscheinlich darauffolgenden schlechten Note auch. Hansen setzte sich an den Lehrertisch. Jetzt hatte er Zeit zum Luft holen. Diese Gören, was machten sie ihm zu schaffen!

Besonders seit seine Frau Simone von ihm geschieden und vor einigen Wochen nach Berlin zurückgezogen war, lief sein Leben neben den Gleisen. Dabei hatte er vor vier Jahren nicht lange überlegt, mit ihr aus Berlin nach Koserow zu ziehen. Seine Tante hatte ihm damals ein kleines Reetdachhaus mit einem riesigen Wiesengrundstück und einem jungen Araberhengst namens Pacou vererbt.

Mit dem Umzug an die Küste hatte Hansen auf eine leichtere Lehrertätigkeit gehofft. Aber auch hier kämpfte der ansonsten ehrgeizige Lehrer ständig gegen widerspenstige und lernunwillige Kinder an. Jeden Morgen, wenn er die Haustür abschloss und die Fischerstraße in Höhe der Kirche passierte, verlangsamte sich sein Schritt.

»Lieber Herrgott, mach mir die kleinen Biester fromm«, schickte er so oder ähnlich seine Stoß-gebete gen Himmel. Doch sein Wunsch erfüllte sich nicht. Stattdessen verschaffte er sich mit kniff-ligen Arbeiten, Nachsitzen, umfangreichen Haus-arbeiten und einer strengen Zensierung eine in-nerliche Genugtuung für den fehlenden Respekt ihm gegenüber.

Er verschränkte zufrieden die Arme vor der Brust und lehnte sich zurück. Erfreut stellte er fest, dass nur wenigen Schülern die Aufgaben flott von der Hand gingen. Nach Lösungen suchend, kauten einige auf dem Kuli oder andere versuchten beim Nachbarn einen rettenden Blick zu erhaschen. Sie dümpelten vor sich hin, wie angeschwemmter Tang in den Seewellen. Fein, so gefiel das Hansen.

Doch halt, was machte Lina? Hansen sah, dass die Schnur eines Kopfhörers verräterisch durch das blonde Haar lugte.

»Lina«, rief er empört. Sie reagierte nicht. Vertieft in die Musik, kritzelte sie undefinierbare Kreise und Zeichen auf das Arbeitsblatt, anstatt die Aufgaben wenigstens ansatzweise zu lösen.

»Lina!«, rief er mit aufbrausender Stimme. Keine Reaktion. Hansen sprang auf, stellte sich vor Lina hin und klopfte auf die Tischplatte. Neugierig grinsend beobachteten die anderen Schüler den Vorgang.

»Nimm sofort die Kopfhörer aus den Ohren«, befahl Hansen.

Lina schloss demonstrativ die Augen, so als genieße sie völlig gedankenversunken, was sie in diesem Moment hörte.

Hansen blickte in die kichernden Gesichter der anderen. Und das Schlimmste, keiner rührte auch nur einen Finger für seine Strafarbeit. Das konnte doch nicht wahr sein. Da verlor er endgültig die Beherrschung, riss Lina am Arm vom Stuhl hoch, schüttelte sie durch, so dass die weißen Kopfhörer in hohem Bogen aus den Ohren flogen und dann verloren an ihr herunterbaumelten.

»Nur gut, dass du nicht meine Tochter bist! Mit einer Tracht Prügel würde ich dir schon richtiges Benehmen beibringen.«

Lina sah ihn mit großen Augen entgeistert an, wehrte sich aber nicht. Hansen, plötzlich über sich selbst erschrocken, ließ sie los. Im Klassenraum wurde es mucksmäuschenstill. Das hämisch abwartende Grinsen war von den Gesichtern verschwunden. Mit offenen Mündern saßen sie stocksteif da. In diesem Moment keimte in Hansen ein Machtgefühl auf, dass ihn wohlig durchströmte.

»In Zukunft ziehe ich noch ganz andere Seiten auf«, sagte er drohend.

Die meisten Schüler zogen die Köpfe ein. Lina zog ihre Jeansjacke zurecht. Scheinbar unbeeindruckt von seinem Gewaltausbruch setzte sie sich und steckte demonstrativ den Kopfhörer wieder ins linke Ohr.

Das gibt es doch nicht? Hansen, gerade noch im Überlegenheitsrausch badend, spürte, wie die erneut aufsteigende Wut seinen Puls rasen ließ. Was sollte er nur mit diesem frechen Mädel anfangen? Immer brachte sie ihm die Klasse durcheinander, wenn es mal ein paar Tage ohne nennenswerte Schwierigkeiten für ihn lief. Die Schulglocke nahm ihm Gott sei Dank die Entscheidung für eine weitere Handlung ab.

»Mit dir wird es mal ein schlimmes Ende nehmen. Aus dir kann ja nichts werden«, schleuderte Hansen Lina voller Hass entgegen. Immerhin hatte er das letzte Wort behalten.

Frieder und Christian gingen demonstrativ zu Lina und klopften ihr auf die Schulter. Hansen ignorierte es und packte seine Sachen zusammen.

Im Lehrerzimmer schaute er in sein Fach, ob etwas für ihn deponiert worden war. Nichts. Er überlegte, welche Konsequenzen dieser Vorfall für ihn haben könnte. Noch nie war er so aus der Fassung geraten wie heute. Er beschloss, erst nach dem Unterricht den Vorfall dem Direktor zu melden. Dann würde er weitersehen.

Am Nachmittag zog es Hansen ans Achterwasser. Auf einer Bank nahe dem Ufer konnte er in Ruhe seine Gedanken ordnen. In besseren Zeiten hatte er hier oft mit Simone gesessen. Er lehnte sich zurück, schaute versonnen auf die sich kräuselnden Wellen und dachte über das Gespräch mit seinem Schulleiter Petersen nach. Glücklichweise hatte der Verständnis für ihn gezeigt, als er ihm die Handgreiflichkeit gegenüber Lina beichtete.

Das ominöse Video und Linas provozierendes Verhalten konnte einen Lehrer schon aus der Fassung bringen. Noch so einen Vorfall, das wusste Hansen, und Rektor Petersen würde ihn nicht mehr schützen können. Wenn von Linas Eltern keine Beschwerde käme, würde Petersen alles auf ich beruhen lassen. Erleichtert hatte Hansen ihm versprochen, dass so etwas nicht wieder vorkommen würde.

Jetzt saß er hier und dachte nach. Wie konnte es dazu kommen, dass er bei einer Schülerin so die Beherrschung verlor? Er sah sich in Gedanken Lina wieder durchschütteln. Schlagartig stieg in ihm auch wieder etwas von dem guten Gefühl auf, das ihn erfasst hatte, als ihn die kleinen, verwöhnten Kröten erschrocken anblickten und sich für einige Momente nicht zu rühren wagten. Ja, so müsste es immer sein! Das Schilf rauschte im aufkommenden kalten Abendwind von seewärts her und schien Hansen in seinen Gedanken zu bestärken. So müsste es immer sein, dachte er erneut und strich sich eine in die Stirn gefallene braune Haarsträhne aus dem Gesicht. Zitternd vor Respekt sollte diese verzogene Bagage vor ihm auf der Schulbank schwitzen. So müsste es immer sein. Dieser Gedanke ließ ihn nicht mehr los, er meißelte sich tief in seinen Kopf ein. Er würde sich nicht mehr fertigmachen lassen. Er nicht! Er musste einen Weg finden. Hansen beobachtete eine kleine Entenfamilie, die nah am Ufer vorüberschwamm und im Schilf verschwand. Ein grimmiges Lächeln umspielte seine zusammengekniffenen Lippen. Seine Augen bekamen einen merkwürdig irren Glanz, als er mit eiligen Schritten das Achterwasser verließ. Er wusste jetzt, was er tun würde.

Zwei Tage später betrat er mit einem riskanten Plan im Kopf, aber hoch motiviert, die 6a. Mit Petersens Erlaubnis startete er eine Exkursion, die eine Annäherung zwischen ihm und der Klasse und bringen sollte. Erstmal entschuldigte er sich demütig vor der Klasse für sein Verhalten, ganz besonders bei Lisa. »Das war nicht in Ordnung von mir.« Seine Stimme klang ruhig und er lächelte freundlich. »Deshalb lade ich euch alle auf meinen Hof zu einem Reitnachmittag ein.« Er beobachtete die Reaktionen seiner Schüler. Bei den Mädchen kam das gut an. Die Begeisterung der Jungen hielt sich in Grenzen. Aber es war besser als im Klassenzimmer zu hocken. Hansen war zufrieden und bereitete alles vor.

Am Freitag in der folgenden Woche öffnete er sein Tor und die Schüler traten neugierig auf sein Grundstück.

Ein Vierteljahr später. Wer jetzt Hansen auf der Straße sah, konnte nicht glauben, dass es derselbe Lehrer war, der vor Monaten noch mit hängenden Schultern und mürrisch dreinblickend durch die Straßen geschlichen war. Hansen an sich schon hochgewachsen, schien jetzt noch größer geworden zu sein. Außerdem machte Hansen neuerdings ausgedehnte Spaziergänge. Wenn er von der Fischerstraße in die Siemensstraße zum Streckelberg wanderte, genoss er die klare Seeluft, die den nahen Strand ankündigte. Huldvoll nahm er die Grüße der Eltern seiner Schüler entgegen. Sonntags speiste er entweder im *Forsthaus Damerow*, wo er wunderbare Wildgerichte genießen konnte oder dem Hotel »Zur Kogge«, wo er das Matrosenschnitzel in allen Variationen bestellte. Die Nachbarn tuschelten, dass er sich bei den Schülern einkratzte, indem er sie auf seinen Hof zum Reiten einlud.

Zur Schule ging er leichten Schrittes und an der Kirche vorbei, ohne zu beten. Die Schulstunden begannen zwar immer noch »ungeordnet«, wie er es nannte, doch nach wenigen Worten schon waren selbst die bockigsten Schüler handzahm. Ihre Noten verbesserten zusehends. Für Hansen war die Welt in Ordnung, denn sein Plan war aufgegangen wie ein Soufflé. Und so hätte es bleiben sollen.

Der Schulleiter Hein Petersen saß an diesem Vormittag kurz vor zehn Uhr an seinem Schreibtisch. Er blickte auf den Schulhof während er an seinem Tee schlürfte. Er trug sich seit einiger Zeit mit dem Gedanken, in Pension zu gehen. Bis jetzt hatte er sich nicht getraut, einen würdigen Nachfolger aus den eigenen Reihen vorzuschlagen. Aber mehr und mehr sah er in Hansen einen geachteten und der Aufgabe gewachsenen Mann für diese Funktion. Petersen war sich sicher, dass seine Entscheidung für Hansen als zukünftiger Direktor auch unter der Mehrheit der Lehrerschaft Akzeptanz finden würde. Mehrheit deshalb, weil nicht alle Hansen den Erfolg gönnten. Besonders zwei seiner Kolleginnen neideten ihm sein Erfolg. Überall dort, wo über Hansen und seine wundersame Persönlichkeitsentwicklung gesprochen wurde, erklärten sie ohne ein Blatt vor den Mund zu nehmen, dass dies wohl alles nicht mit rechten Dingen zugehen könne. Peterson nahm einen Spekulatius aus der Schachtel, tunkte ihn in den schwarzen Tee, bevor er abbiss. Na ja, dachte Peterson, es kann einen schon zu Spekulationen verführen, wenn man bedenkt, welche Schwierigkeiten Hansen noch vor Monaten im Unterricht hatte.

Petersens damalige Gelassenheit schien ihm recht gegeben zu haben. Hansen hatte ganz offensichtlich aus der Situation gelernt. Jetzt war er geachtet und auch seine Neider mussten ihm Respekt zollen. Ob sie nun wollten oder nicht. Der Schulleiter lehnte sich zurück und dachte über die Worte der Kolleginnen nach. »... nicht mit rechten Dingen zugehen...« Wir leben nicht mehr im Zeitalter der Hexen und Zauberer. Petersen schüttelte den Kopf. Nicht, dass er den Gerüchten irgendwie auch nur einen Funken Glauben schenkte. Aber es wäre schon interessant zu wissen, was Hansen anders machte als die anderen Pädagogen. Bisher wich dieser immer gekonnt aus, wenn er ihn darauf ansprach. Er erinnerte sich, wie Hansen lächelnd erklärte, dass er sich jetzt viel intensiver auf den Unterricht vorbereiten würde als vorher. Außerdem müsse man die Probleme der Schüler nur verstehen. Dennoch! Er hätte es gern gesehen, dass die Kollegen von Hansens

Unterrichtsmethoden profitieren könnten. Nur die Unterrichtsvorbereitung und die Einsicht, dass Schüler ihre Probleme von zu Hause mit in die Schule brächten, konnte es nicht sein. Überdies wollte Petersen sich Hansens Erfolg zum Abschluss seines Berufslebens mit auf seine Fahnen schreiben. Und dazu musste er wissen, wie Hansen den Unterricht gestaltete. Er sah von seinem Chefsessel aus schaukelnd auf die bunten Klettergerüste im Schulhof. Vielleicht sollte er jeden Schüler einzeln befragen? Er dachte da ganz besonders an Lina.

Dunkle Wolken schickten an diesem Dienstagmorgen im April ihre Schatten voraus. Dabei hatte der Wetterbericht den ersten warmen Frühlingstag versprochen. Mitten in den heiligen Zehn-Uhr-Tee platzte die Sekretärin in das Zimmer des Direktors. »Zwei Herren von der Polizei möchten Sie sprechen.« Trotz ihres neugierigen Blickes musste sie die Tür wieder hinter sich schließen.

»Kriminalhauptkommissar Lüders, und das ist mein Kollege Fritsche, Mordkommission«, sagte der Größere von beiden.

Augenblicklich verlor Petersen seine gesunde Gesichtsfarbe. Das Schaukeln war ihm vergangen.

Er reckte den Kopf vor und schaute ungläubig, als hätte er sich verhört. »Mordkommission?«

»Lina Mettner wurde heute Morgen von einem Jogger am Achterwasser tot aufgefunden«, sagte Lüders ohne Umschweife. In dem kleinen Ort war die Identität schnell ermittelt worden.

»Was war sie für ein Mädchen? Gab es irgendwelche Probleme?«, fragte der Kommissar, während sich der andere Ermittler aufmerksam umsah.

Petersen stand auf, lief nervös im Zimmer hin und her. Er konnte es nicht fassen. Die kleine Lina tot. Er überlegte. Probleme? Sollte er oder sollte er nicht? Er konnte sich nicht vorstellen, dass Hansen etwas mit dem Mord zu tun haben könnte. Unvermittelt blieb er vor dem Kommissar stehen und erzählte ihm von den Schwierigkeiten, die Hansen noch vor wenigen Monaten mit Lina gehabt hatte. Plötzlich habe sie so von dem Pferd auf Hansens Hof geschwärmt. Außerdem sei Hansen in letzter Zeit besonders nett zu Lina gewesen.

»Aber ich will auf keinen Fall Gerüchte in die Welt setzen.«

Petersen räusperte sich verlegen und hob entschuldigend die Arme. Er blickte zu dem

Kollegen von Lüders, der auf den Schulhof sah.

»Wir werden schon herausfinden, ob an Ihrem Verdacht etwas dran ist. Bis auf Weiteres reden Sie mit niemandem darüber.«

Die Nachricht vom Mord an Lina verbreitete sich wie ein Lauffeuer durch den Küstenort. Auf einmal waren die meisten davon überzeugt, dass Hansen in den Mord verwickelt sein musste. Die Älteren erinnerten sich plötzlich, dass Hansens Tante auch schon immer eine merkwürdige Person gewesen war, die nie geheiratet, aber Pferde über alles geliebt hatte. Andere wiederum wiesen darauf hin, dass Hansen vor ein paar Monaten noch wie eine Hängelampe durch das Dorf wandelte. Viele konnten sich schon damals seine wundersame Veränderung nicht erklären. Zum Positiven, zugegeben. War das nicht dennoch merkwürdig?

Am frühen Nachmittag klingelte es an Hansens Wohnungstür. Dieser hatte den Kommissar schon erwartet, schließlich war er Linas Klassenlehrer gewesen. Es war ihm auch bewusst, dass Petersen der Polizei von der Handgreiflichkeit gegenüber Lina erzählt hatte, obwohl diese Monate zurück lag. Er würde dem Kommissar einfach erzählen, wie Lina so war.

»Kommen Sie herein.« Hansen machte eine einladende Handbewegung und führte Lüders auf die Terrasse, von aus man einen herrlichen Blick auf die sich anschließende Wiese hatte. Sie setzten sich in die Rattan Stühle, die knirschten und etwas verschlissen waren. Pacou galoppierte heran und wieherte. Der Kommissar verfolgte die kraftvollen Bewegungen des Pferdes.

»Schön haben Sie es hier«. Doch dann wurde Lüders dienstlich. »Sie wissen bestimmt, warum ich gekommen bin?«

»Ich weiß. Es ist wegen Lina.« Hansen sprach leise. Gewiss er hatte das Mädchen oft verflucht. Aber das sie jetzt tot war, traf auch ihn.

»Sie ist ermordet worden. Ihnen, Herr Hansen, scheint das nichts auszumachen?« Lüders wartete einen Augenblick, ehe er fortfuhr: »Ich kann Ihnen auch sagen warum: Sie haben sie ermordet.« Das saß. Der Kommissar war in seinem Metier und nahm Hansen fest ins Visier. Da wieherte Pacou plötzlich.

»Da sehen Sie!« Hansen wies mit der Hand zu dem Hengst, der seine Mähne verneinend hin und her schüttelte. »Da haben Sie meine Antwort. «

Lüders ließ sich nicht ablenken. »Das ist hier kein Spaß, Herr Hansen! Sie haben das Mädchen ermordet. Die Kleine schwärmte von Ihrem Pferd. Sie war außerdem oft hier. Dafür haben wir Zeugen. Geben Sie es zu!«

»Ich habe sie nicht umgebracht. Wie kommen Sie denn darauf? Haben Sie denn Beweise für eine solche ungeheuerliche Behauptung?«

»Machen Sie sich da mal keine Sorgen. Die finden wir! Unsere Spezialisten untersuchen jeden Zentimeter am Tatort und an dem toten Kind. Kleinste Hautspuren oder auch nur ein winziges Haar reichen aus, um die DNA des Täters festzustellen. Das ist nur eine Frage der Zeit. Sie wandern auch ohne Geständnis ins Gefängnis. Das verspreche ich Ihnen. Die Indizien gegen Sie sind schon jetzt erdrückend.« Lüders sprang auf und stützte sich mit beiden Armen auf die Lehne des Korbsessels, in dem Hansen saß.

Hansen drückte sich gegen die Rückenlehne. Doch vor dem drohenden Blick des Kommissars gab es kein Entrinnen. Pacou wieherte noch einmal und schlug mit dem Huf gegen das Gatter. Der Kommissar richtete sich auf, ließ aber keinen Blick von Hansen.

»Sie haben doch gar keine Ahnung«, keuchte Hansen plötzlich. »Was wissen Sie schon, wie schwer man es heutzutage als Lehrer hat?«

»Ich bin ganz Ohr.«

»Ich war am Ende meiner Kräfte«, begann Hansen mit leiser Stimme. »Die Schüler spielten mich manchmal an die Wand. Da bin ich halt einmal ausgerastet. Einmal. Dabei wollte ich nur das Beste für meine Schüler. Zu spät begreifen die meisten, wie wichtig eine richtig gute Ausbildung ist.« Hansen blickte wehmütig über die Wiese zu seinem Pferd und hielt inne.

»Haben Sie Lina mit Reitstunden hergelockt? Man hat sie öfter aus der kleinen Gasse neben Ihrem Hause kommen sehen. Was haben Sie mit ihr angestellt? Drohte sie zu reden?«

»Jeder kann in die kleine Gasse gehen und meinen Pacou auf der Koppel sehen. Wahrscheinlich hat ihr das Pferd gefallen.«

»Und weiter?«, drängte Lüders.

»Ich habe die Klasse zu einer Reitstunde auf meinen Hof eingeladen. Der Ausflug wurde vom Schulleiter genehmigt. Zur Einstimmung auf das Reiten ließ ich alle auf bereitgestellte Heuballen im Stall sitzen. Ich erklärte allen, wenn sie gut reiten wollten, müssten sie etwas über Pferde wissen. Als ganz besonders wichtig brachte ich den Schülern nahe, dass sie sich ohne Angst, aber mit Respekt dem Pferd nähern können. Dazu muss man sich selbst entspannen, um sich auf das Pferd voll konzentrieren zu können. Gespannt hörten alle zu.« Hansen holte tief Luft. Es gab jetzt kein Zurück mehr. »Ich schlug ihnen deshalb als Erstes ein paar Entspannungsübungen vor. Alle hatten genickt. Sie merkten nicht, dass ich mit eingehender Stimme und einfachen, monoton gesprochenen Sätzen sie tiefer und tiefer in meinen Bann zog.« Hansen machte eine Pause.

»Nur damit ich Sie richtig verstehe: Sie haben die Kinder hypnotisiert?«, grätsche Lüders dazwischen.

»Ja. Als ich dann merkte, dass es mir gelungen war, ihr Bewusstsein auszuschalten, gab ich ihnen in der Hypnose den Befehl, wenn in meinem Mathematikunterricht das Wort Gleichung fallen würde, sie aufmerksam zuhören, lernen und alle Aufgaben vorbildlich lösen sollten. Am Ende des Unterrichts sprach ich ein Codewort und sie verhielten sich wieder normal.«

»Das hat funktioniert?«

»Ja! Ich war selbst überrascht wie gut! Ich habe alte Sitzungsaufnahmen und ausführliche Anleitungen von Weiterbildungskursen in einem Karton im Keller gefunden. Meine geschiedene Frau ist Psychologin und wandte in ihrer Praxis die

Hypnose als Heiltherapie an. Den Karton muss sie vergessen haben. Für mich war das die Lösung aller meiner Probleme.« Hansen blickte dem Kommissar offen ins Gesicht. »Aber ich habe Lina nicht umgebracht. Das müssen Sie mir glauben.« Hansen ließ die Schultern hängen und sah aus wie ein Unglücksrabe.

Lüders schüttelte den Kopf. »Unglaublich.«

»Aber wahr.«

Eher zu sich selbst als an Hansen gerichtet, sagte Lüders: »Und wer sollte es dann gewesen sein?«

»Keine Ahnung«.

»Sie hören noch von uns.« Zerknirscht wandte sich der Kommissar zum Gehen. »Sie wissen, dass Sie sich für Ihr Handeln verantworten müssen. Koserow dürfen Sie bis auf Weiteres nicht verlassen.«

Hansen blickte hinüber zu Pacou. »Wie könnte ich einen so guten Freund im Stich lassen?«

Tage vergingen, da klingelte es erneut bei Hansen. Lüders stand vor der Tür.

»Wissen Sie es schon?«, fragte er kurz angebunden und gewohnt schroff in seiner Art den verblüfft dreinblickenden Lehrer.

»Nein. Mit mir redet ja kaum einer. Außerdem bin ich bis zur Klärung des Falles vom Unterricht suspendiert.«

Hansen führte den Kommissar auf die Terrasse.

»Wir haben Linas Mörder gefasst«, sagte Lüders ohne Umschweife. »Ich dachte, ich sage es Ihnen lieber selber.«

»Und, wer war es?«

»Der Aushilfskellner aus dem Eiskaffee. Linas Eisportion nach der Schule fiel immer etwas größer aus, als sie es für einen Euro hätte sein sollen. Das bemerkten schon die Kollegen. Mit einer Eistüte in der Hand muss sie wohl das eine oder andere Mal in die kleine Gasse zu ihrem Pferd gegangen sein.« Lüders blickte über die Wiese zu Facou. »Der Kellner muss Lina dabei beobachtet haben. Er leugnet zwar noch, aber wir konnten ihn mit der DNA-Analyse überführen. Und den genauen Tathergang wird er schon noch gestehen.«

»Gott sei Dank.« Die Erleichterung war Hansen anzumerken. Er kratzte sich am Hinterkopf und sah den Kommissar an: »Und was geschieht jetzt mit mir?«

»Ins Gefängnis werden Sie höchstwahrschein-
lich nicht gehen müssen. Aber Ihren Job werden
Sie auf jeden Fall los sein.«

Hansen atmete tief durch. Vielleicht war es besser so, dachte er und blickte zur Koppel. »Ich habe
ja Pacou. Vielleicht gebe ich Reitstunden.«

## Manchmal werden Träume wahr

Henner blickte auf den Kontoauszug in seiner Hand. Die Erbschaft von Tante Hedwig hatte seinen Dispo mehr als ausgeglichen.

Er hatte Restaurantfachmann gelernt, und die Eröffnung einer eigenen Gaststätte war sein lang gehegter Traum. Noch schuftete er zehn bis zwölf Stunden täglich für seinen Chef im La Playa an der Alten Leipziger Messe. Trotzdem blieb am Ende des Monats nicht viel Geld von seinem Lohn übrig. Seine Frau Lisa brauchte ständig etwas Neues zum Anziehen und der Kredit für seinen silberfarbenen BMW lief auch noch über Monate. Sich selbst gönnte Henner kaum etwas.

Lisa fand Henners Idee, sich selbstständig zu machen, überhaupt nicht toll. Sie sehnte sich nach Sonne und Meer auf den Kapverdischen Inseln. Wenn es nach ihr ginge, würde sie sich dort jeden Morgen ein Sektfrühstück aufs Zimmer kommen lassen und über den Tag hinweg auf benachbarten Inseln shoppen gehen, bis die Einkaufstüten platzten. Sie spitzte ihre vollen Lippen bei der Vorstellung, dass ein junger sonnengebräunter Kellner ihr jeden Abend an der Poolbar fantastische Caipirinias und leckere Pina Coladas mixen würde.

Lisa meckerte ständig herum, dass das ganze schöne Geld weg sei, wenn das Lokal nicht liefe. Nichts hätten sie beide dann davon gehabt, außer Arbeit. Henner wollte sich jedoch die vielleicht einzige Chance auf ein eigenes Lokal nicht nehmen lassen. Schon gar nicht von Lisa. Seine Freunde und Arbeitskollegen beneideten ihn. Niemand wusste genau, wie viel Henner geerbt hatte, aber dass es eine Menge Kohle gewesen war, hatte er mit stolzgeschwellter Brust mehrfach durchblicken lassen.

»Klar, erst einmal mache ich mit Lisa Urlaub in Brasilien«, erklärte Henner seinem Freund Günther beim Abschiedsbierchen. Selbstbewusst erzählte er weiter: »Dann werde ich meine Gaststätte aufmachen, irgendwo dort an der Küste.«

Günther nickte etwas ungläubig, ließ sich aber vom Enthusiasmus seines Freundes mitreißen und wartete gespannt auf dessen nächsten Worte.

»Ich werde meinen Gästen etwas bieten, was die Konkurrenz nicht hat.« Henner schob sich mit der rechten Hand aufgeregt seine schwarzen halblangen Haare hinters Ohr: »Der Gastraum wird groß und hoch sein. Die Gäste sitzen dann dort wie im Urwald unter Palmen und Lianen, während sie Schnitzel oder feine Rinderrouladen verspeisen.« Henner holte tief Luft und seine Augen glänzten, als er den letzten Trumpf seiner fantastischen Idee ausspielte: »Also, sie sitzen unter Palmen, und es wird ein richtig großes Wasserbecken geben. Darin schwimmen jedoch keine Goldfische. Nein. Nein.« Henners rechter Zeigefinger wedelte verneinend durch die Luft. »Zwei Krokodile werden zum Bestaunen da sein. Na?« Erwartungsvoll blickte er Günther an.

»Junge, Junge, du hast ja Träume.« Günther schüttelte mit offenem Mund den Kopf. »In Deutschland würdest du dafür keine Zulassung bekommen, selbst wenn du alle Sicherheitsbestimmungen einhieltest. Und Lisa? Die macht das Ganze mit?«, zweifelte Günther weiter.

»Ich werde meinen Traum verwirklichen«, antwortete Henner trotzig. »Raus aus dem kalten Deutschland. Das wird meiner Lisa schon gefallen. Außerdem ist es mein Geld«, beendete Henner siegessicher seine Ausführungen und trank sein Bier aus.

Ein echter Strand und Palmen, das war schon etwas anderes, als das La Playa in Leipzig.

Drei Jahre später begegneten sich Günther und Henner zufällig auf der Karl–Liebknecht-Straße, einer Kneipenmeile in Leipzigs Südvorstadt, in der sich vorwiegend die Jugend und Junggebliebene zu später Stunde trafen.

»Na Henner, was machst du denn hier? Ist das Geld alle?«, wollte Günther neugierig wissen. Henner zeigte an diesem warmen Juliabend keine Eile und lud seinen Freund ins Killi Willy auf ein Bier ein.

»Nein, wo denkst du hin?«, begann Henner zu berichten, nachdem sie in der Kneipe Platz genommen hatten. »Erst haben Lisa und ich einen tollen Urlaub verbracht. Danach habe ich meine Geschäftsidee Stück für Stück umgesetzt.« Henner erzählte dem staunenden Günther, dass am Zuckerhut alles einfacher sei. Bürokratie würde dort klein geschrieben.

»Die Krokodile waren der absolute Besuchermagnet. Zu den Fütterungszeiten der Tiere hättest du keinen Platz in meinem Alligator-Lokal bekommen. Und die Echsen haben immer Hunger.«

Henner hob den Arm und bestellte bei dem Kellner zwei Guinness und zwei Whisky.

Günther konnte es nicht fassen. Es musste wohl wahr sein, was Henner ihm da erzählte. Sein Freund, braun gebrannt, wirkte in den Krokodillederstiefeln zufrieden. Der dicke goldene Ring an seinem Finger unterstrich den Erfolg.

»Und Lisa?«, hakte Günther nach.

»Lisa?«, Henner senkte die Augen. Seine Stimme klang traurig: »Lisa… Ja, die hat noch während des Urlaubs auf einer Party einen reichen Fabrikannten kennen gelernt. Sie wollte keine Gläser spülen und Gäste bedienen. Kurz nachdem ich die Gaststätte *Zum Alligator* eröffnet hatte, hat sie eines Morgens ihre Koffer gepackt. Wochen später bekam ich eine Ansichtskarte aus Paris.« Henner nahm das Whiskyglas und stieß mit Günther an. »Ich werde Lisa wohl nie wieder sehen.«

»Henner, das tut mir leid. Geld verändert eben die Menschen«, tröstete Günther seinen Freund und holte tief Luft. »Aber was machst du denn nun hier?« Diese Frage war bisher von Henner unbeantwortet geblieben.

»Heimweh! Es war mir einfach zu heiß am Zuckerhut, und das nicht nur wegen der heißen Girls beim Karneval.«

Henner erzählte dem Freund, dass er das Restaurant zu einem Spitzenpreis verkauft hatte. Allein die Einnahmen des letzten Jahres reichten schon aus, dass er in Leipzig in ein gediegenes Café investieren könnte. Henner griff nach dem Bierglas und prostete Günther zu.

Dieser wurde fast philosophisch. »Na, da hat es sich doch gelohnt! Du hast deinen Traum wahr gemacht. Wie viele Menschen können das schon in ihrem Leben? Und du bist dafür nach Brasilien gegangen, um dann wegen Heimwehs doch wieder nach Hause zurück zu kommen.« Günther strahlte und klopfte seinem wiedergefundenen Freund vertraut auf die Schulter. Henner nickte lächelnd.

Natürlich berichtete der Heimgekehrte seinem Freund nicht, dass Lisa schon während des Urlaubes in Brasilien auf einer Teilung des Gewinnes bestanden hatte. Er erzählte auch nicht, dass Lisa nie einen Fabrikanten kennen gelernt, geschweige denn, bunte Ansichtskarten aus Paris geschrieben hatte.

Wie praktisch war es, dass Krokodile Allesfresser und immer für einen fetten Happen zu haben sind.

Henner würde sich das nächste Mal eine ganz einfache Frau suchen. Vielleicht würde auch dieser Traum wahr. Dann müsste er nicht wieder nach Brasilien fliegen.

## Oma schlägt zurück

Ich lugte hinter der Küchengardine hervor. Lukas stapfte mit schlaksigen Schritten durch meinen Vorgarten. Mein Gott, ist der Junge in den letzten Monaten gewachsen! Die Schultasche hing über der rechten Schulter und ständig blickte er auf den Boden. Nur als er ohne Eile das Gartentor schloss und die Libellenstraße überquerte, sah ich ihn kurz aufblicken.

Wehmütig schaute ich ihm nach. In den letzten Tagen hatte er nach der Schule kaum noch etwas unternommen und sich nach dem Mittagessen immer wortkarg in seine Dachkammer zurückgezogen.

Wo war es hin, sein quirliges Naturell? Ich freute mich immer, wenn er während der Dienstreisen meiner Tochter Margit bei mir wohnte und nach dem Unterricht übersprudelnd voller Neuigkeiten aus der Schule kam.

Irgendetwas bedrückte den Jungen. Nur was?

Auch das am Vortag geführte Telefonat mit Margit brachte mir nicht die gewünschte Erklärung: Sie hätte nicht bemerkt, dass ihr Junge still und in sich gekehrt sei.

Wie auch, fand ich. Seit ihrer Scheidung hatte sie sich mehr denn je in die Arbeit gestürzt. Als ich sie fragte, ob Lukas vielleicht unglücklich verliebt sei, hatte mir meine Tochter in gereiztem Ton vorgeworfen, ich würde Gespenster sehen. Liebe ist doch kein Gespenst! Anders als in meiner Jugend wussten die Jungs und Mädchen heutzutage beizeiten, wo der Frosch die Locken hat. Da brauchte Margit nicht zu glauben, ihr 13-jähriger Sohn sei da anders.

Keinen Schritt weiter gekommen beschloss ich, selbst herauszufinden, warum Lukas mir zu entgleiten drohte. In meinem Kopf summte und surrte es. Nachdenken, Elisabeth, du musst gut nachdenken!

Kurz nach 13:30 Uhr trudelte der Junge ein. Ich eilte zur Haustür und öffnete ihm.

»Lukas, wie siehst du denn aus? Wo hast du deine Jacke?« Seine Haare schienen in einen Staubsauger geraten zu sein und das Hemd hing zur Hälfte lose über der Jeanshose.

»Hallo, Omi.« Lukas trat in den Flur und die Schultasche fiel polternd neben dem kleinen Schuhregal auf den Boden. Dann wandte er sich um und umarmte mich, ohne eine Antwort auf meine Frage zu geben.

»Heute gibt es Eierkuchen und süßes Apfel-
mus, verkündete ich, die Situation überspielend.
Mir entging nicht das leichte Lächeln, das über
sein Gesicht huschte. Für einen Moment lang sah
er glücklich aus.

Ich stupste ihn ins Bad. Meine Gedanken kreis-
ten um die Jacke, während ich den Tisch deckte.
Für mich war sicher: Seine Lieblings-G-Star-Jacke
konnte er unmöglich verloren oder liegen gelassen
haben. Wie er ausgesehen hatte, als er hereingekommen war! Bestimmt hatte es eine Rangelei gegeben. Ich nahm mir vor, Lukas später danach zu
fragen. Jetzt würden wir erst einmal essen.

Ich zog den Teller mit den aufgestapelten gold-
braunen Eierkuchen heran, nachdem sich Lukas
frisch gekämmt an den Tisch gesetzt hatte.

»Na, wie war es heute in der Schule?«, wollte
ich wissen und legte ihm einen Eierkuchen auf den
Teller.

»War die Mathearbeit schwer?« Ich schob das
Apfelmusschälchen und den Zucker zu ihm hinüber.

»Die Aufgaben habe ich gut lösen können.
Wird bestimmt eine Zwei«, antwortete Lukas zu-
versichtlich, aber ohne Begeisterung in der Stimme.

»Fein«, freute ich mich. Die Mathematik schien nicht sein Problem zu sein, was mich auch gewundert hätte. Lukas' Zensuren waren gut und ließen mich hoffen, dass er mal studieren würde.

Lukas schob den Teller nach zwölf vertilgten Eierkuchen von sich. »Mann, bin ich satt. Danke, Omi.« Er schraubte sich hoch und wollte gehen.

»Junge.« Ich holte tief Luft. »Sag mal, was ist los mit dir? Hast du Probleme?« Ich blickte in sein zartes knabenhaftes Gesicht. Kleine Pickel an dem schmalen Kinn zeigten mir, dass die Hormone in ihm zu arbeiten begannen.

»Ach Omi, es ist nichts«, beschwichtigte er. Dabei saß er mit hängenden Schultern vor mir.

»Junge, ich bin zwar 65 Jahre alt, aber nicht blöd.«

»So meinte ich das nicht. Omi, wirklich.«

»Lukas, schau mich mal an. Was ist los? Soll ich mal mit deinem Klassenlehrer sprechen?«

»Bloß nicht!«, wehrte er entschieden ab. »Das wäre voll peinlich.«

»Also, dann raus mit der Sprache, sonst kreuze ich da morgen auf!« Ich spürte, dass er gleich reden würde.» Du versprichst mir aber noch vorher, dass du nicht in die Schule kommen wirst«, versicherte er sich der Gegenleistung.

Ich nickte bejahend.

Lukas schluckte: »Die haben heute meine Jacke abgezogen.«

Also hatte ich mit meiner Ahnung richtig gelegen. In einer Fernsehreportage hatte ich nämlich kürzlich gesehen, dass es in den Schulen schon richtige kleine Gangster gibt, die die Jüngeren unterdrücken und abzocken.

»Und dein Taschengeld geht da wohl auch schon seit Wochen flöten?«

Lukas nickte.

»Aber«, er schniefte kaum hörbar und versuchte, die aufkommenden Tränen zu unterdrücken, »das Schlimmste ist, dass der Benno mich nach dem Sportunterricht unter der Dusche gefilmt hat.«

»Gefilmt?« hakte ich nach.

»Er hat ein Smartphone. Die neuen Telefone heißen so, Omi«, erklärte er und ich nickte, während er fortfuhr: »Damit kannst du richtige Videos drehen. Das Schlimmste ist aber der Titel des Filmes: `Lukas hat ´nen Kleinen`.«

Lukas konnte die Tränen kaum noch wegblinzeln: »Die Mädchen aus meiner Klasse feixen, wenn ich an denen vorbeigehe. Selbst Lara.«

»Deine Freundin?«

»Nicht mehr. Wer will schon mit jemanden gehen, der einen ‚Kleinen' hat.« Er zottelte ein Tempotaschentuch aus der Hosentasche und wischte sich die Tränen ab.

»Na, und die anderen?«

»Die sind froh, dass sie nicht dran sind.« Die blanke Resignation klang aus seinen Worten.

»Wer sind diese Typen eigentlich, dass die sich das rausnehmen können?«

»Das sind Benno Hergert, Marcus Lippert und Erik Schumann aus der 8b. An die kommt keiner ran. Wer den Aufstand probt, kassiert ein blaues Auge.«

»Der Benno hier aus unserer Straße, zwei Häuser weiter?« Ich konnte es nicht glauben. Lukas nickte.

»Mensch, komm mal her.« Ich zog ihn zu mir herüber und drückte ihn. «Denkst du nicht, dass die das Video bald vergessen werden? Da denkt doch in ein paar Tagen keiner mehr dran.«

Lukas entzog sich meinen Armen. «Das vielleicht schon. Aber Benno hat es bei Facebook eingestellt. Jeder kann jetzt sehen, dass ich…« Lukas brach ab und schniefte wieder.

»Lass etwas Zeit vergehen, das gibt sich schon wieder.«

Ich streichelte ihn kurz über den Rücken. Was hätte ich ihm auch sagen sollen? Dass es auf die Größe nicht ankommt? Dass Liebe und Zärtlichkeit zählen? Dass es keine echte Freundin ist, wenn sie sich seiner schämt? Lebensweisheiten für einen 13-jährigen in dieser Situation? Das konnte ich mir verkneifen.

Lukas stand auf. »Denk dran Oma, was du mir versprochen hast!«

Ich nickte ihm zu. Lukas verließ die Küche und verzog sich in sein Zimmer. Schweigend räumte ich die Teller in den Geschirrspüler. Ich warf einen Reinigungstab in das kleine Fach ein und schaltete sie an. In der Maschine schoss das Wasser aus der Leitung auf das schmutzige Geschirr und in mir kroch die Wut hoch, drohte wie ein Vulkan zu explodieren.

Ich setzte mich an den Küchentisch und dachte nach. Bennos Hund Lumpi kam ab und zu durch eine Lücke im Zaun auf meine Terrasse. Oft erbettelte der kleine Vierbeiner ein Hundeleckerli von mir, bevor er wieder auf das eigene Grundstück verschwand. Wenn Bennos Eltern über ihren Sohn Bescheid wüssten... Die taten immer so fein, wenn sie in ihren Audi A8 stiegen.

Mir wurde klar, dass ich etwas unternehmen musste. Schnell und effizient musste es geschehen. Außerdem durfte Lukas nicht in Verdacht geraten. Bloß wie? Was konnte ich alte Frau tun? Aber vielleicht lag gerade in meinem Alter mein Vorteil.

Grau und ohne den goldenen Glanz des vorherigen Tages begann der Morgen. Zerknirscht und ohne zu wissen, wie ich Lukas helfen konnte, stellte ich ihm einen Kakao und den Teller mit einem Toastbrot auf den Tisch.

»Zu Mittag bin ich in der Physiotherapie Lange. Aber du kannst dir den Bohneneintopf warm machen. Pudding steht auch noch im Kühlschrank.« Lukas nickte und stapfte nach dem Frühstück zur Schule.

Zeit zum Überlegen. In so manchem Fernsehkrimi habe ich gesehen, dass Kommissare mit viel Geduld ermitteln. Sie sitzen im Auto und beobachten die vermuteten Täter, bevor die Falle zuschnappt. Gut, ich war kein Kommissar und die Jungs waren keine Mörder. Aber hatte nicht so manche kriminelle Karriere bereits in der Schule angefangen? Dass sie Lukas die Jacke gestohlen hatten, war der beste Beweis für mich. Ich musste versuchen, dem

Treiben Einhalt zu gebieten. Benno Hergert kannte ich. Aber über die anderen zwei Jungs wusste ich nichts. Wo wohnten sie? Was machten die Eltern? Das gilt es als erstes herauszufinden, notierte ich mir in ein kleines Büchlein. Auch das wusste ich aus den Krimis: Gute Kommissare schrieben fast alles auf.

Ich wartete bis 13:00 Uhr, nahm meine schwarze Jacke und zog die Strickmütze tief ins Gesicht. Von unserem Leipziger Insektenviertel, genauer gesagt von der Libellenstraße aus bis zur Dieskaus-/ Ecke Huttenstraße brauchte ich zu Fuß keine fünf Minuten. Ich stellte mich vor den Bäckerladen und konnte so den gegenüber liegenden Schulausgang genau beobachten.

13:15 Uhr: Endlich erblickte ich Lukas. Und da sah ich auch schon seine drei Widersacher. Benno erkannte ich sofort. Die beiden anderen mussten Marcus Lippert und Erik Schumann sein. Der eine trug eine Igelfrisur, stieß Lukas mit den Ellenbogen in die Rippen und lachte dabei. Ich ballte die Faust in meiner Jackentasche. *Mensch Lukas, hau` ihm doch eine rein.* Im gleichen Moment sah ich jedoch ein, dass bei einem Verhältnis von drei zu eins Lukas nicht gut weggekommen wäre. Mir blieb nichts anderes übrig als alles zu beobachten.

Die drei ließen von Lukas ab und gingen weiter, als wenn nichts geschehen wäre. Ich beschloss, die «Igelfrisur» als erstes ins Visier zu nehmen und ging dem Jungen nach, um herauszufinden, wo er wohnte. Weit brauchte ich ihn nicht zu verfolgen. Schon in der Wilhelm-Michel-Straße waren wir am Ziel. Sorgfältig notierte ich mir die Hausnummer und den Namen Lippert.

Als ich wieder daheim war, googelte ich Namen und Adresse und fand dabei heraus, dass der Vater einem sehr interessanten Beruf nachging...

Am nächsten Vormittag begleitete ich Erik Schumann nach der Schule nach Hause. Unauffällig natürlich. Zu diesem Zweck hatte ich auch mein Outfit gewechselt. Ich trug heute einen braunkarierten Blazer und eine beige Schildmütze.

Wie der Zufall es wollte, wohnte in Erik Schumanns Haus in der Kloßstraße auch meine Freundin Hedwig. Sofort kam in mir der Wunsch auf, meine alte Bekannte mal wieder zu besuchen.

Gleich am nächsten Tag klingelte ich zur besten Kaffeezeit bei Hedwig. Ihre Silberlöckchen wippten vor Freude, als sie mich sah.

Hedwig stellte ein weiteres Gedeck auf den Tisch und goss mir Kaffee ein. Ganz unauffällig brachte ich die Sprache auf die Schumanns. Hedwigs Augen glänzen, als sie mir berichtete, dass Frau Schumann einen «Lover» hätte.

»Einen Lover?« Seit wann konnte Hedwig englisch? »Woher weißt du das, Hedwig?« Ich nippte den Kaffee aus dem feinen Biskuitporzellan.

»Das Fernsehprogramm war vor ein paar Tagen abends wieder mal ganz mies. Da bin ich eben ins Kaufland gegangen, die haben lange auf. Dort treffe ich immer jemanden und ein Stück Butter hält sich im Kühlschrank ewig. Und als ich so gegen 21.30 Uhr zurückkam, sah ich Frau Schumann mit einem Mann Arm in Arm in unserem Haus verschwinden.« Hedwig zog bedeutungsvoll die Augenbrauen hoch. »Es war nicht ihr angetrauter Ehegatte.«

»Und woher willst du wissen, dass es sich um ihren Liebhaber handelte?« Noch waren das alles keine Beweise für mich. Hedwig verdrehte die Augen und ihr gichtgeplagter Zeigefinger deutete geheimnisvoll auf die Zimmerdecke. »Die Buden sind hier sehr hellhörig. Das Bett quietschte so in einem gewissen Takt, der immer schneller wurde.« Hedwig kicherte verlegen. »Wenn ich mich recht erinnere…«

»Jaja Hedwig, ich verstehe schon. Und wo war ihr Mann um die Zeit?«

»Der kommt immer erst freitags von der Montage zurück.«

»Aha«, merkte ich auf. Für diese Information hätte ich Hedwig umarmen können. Ich trank meinen Kaffee aus. »Es war wieder mal schön, mit dir zu plauschen. Das müssen wir bald mal wieder machen«, verabschiedete ich mich und Hedwig nickte zustimmend.

Am nächsten Tag klingelte der Wecker bei mir schon gegen sechs. Voller Elan schwang ich mich aus dem Bett und beeilte mich bei der Morgentoilette. Dabei wurde mir wieder einmal klar, wie gut ich es doch hatte: Ich musste keine Zahnprothese aus dem Nachtreinigungsbad nehmen, Blutdruck messen oder ein erstes Tablettenfrühstück schlucken. Zähne putzen, waschen, anziehen – fertig. Hoffentlich bleibt das noch eine Weile so, dachte ich, als ich in den Spiegel blickte und meine frisch getönten braunen Haare kämmte.

Die Kaffeemaschine tuckerte und eine Weißbrotscheibe hüpfte knusprig aus dem Toaster. Das

Frühstück würde an diesem Morgen knapp ausfallen.

Halb sieben fuhr ich aus der Garage zuerst einmal in Richtung Adler, so nennen die Leipziger die dritte Ampelkreuzung von Großzschocher stadteinwärts ausgesehen. Die gleichnamige historische Gaststätte, die der Kreuzung den Namen gab, wurde schon 1994 abgerissen. Aber der Name ist geblieben. Mit diesen wenigen Fahrminuten kam die Heizung auf Touren. Dann parkte ich mein Auto in der Kloßstraße. Es war kalt an diesem Morgen. Außerdem konnte es eine Weile dauern, bis mein »Zielobjekt« die Wohnung verlassen würde.

In meiner grauen Jacke war ich fast unsichtbar und ich wartete gespannt darauf, dass Erik Schumann in die Schule gehen würde. Aber nicht er war das Ziel meiner Beobachtung, sondern seine Mutter.

Kurz nachdem der Junge das Haus verlassen hatte, ging auch das Licht in der Parterrewohnung aus. Hier stimmte die Anordnung der Namen auf der Klingel noch mit der Etage der Wohnung überein. Dennoch dauerte es eine Weile, bis ich eine junge Frau erspähte, die einen rosa Kindersportwagen aus der Haustür bugsierte. Das musste Eriks Mutter sein. Ein kleines Schwesterchen hatte Lukas' Peiniger auch noch. Die tat mir heute schon leid. Die junge Frau wollte mit der Kleinen wahrscheinlich in die Kinderkrippe in der Arthur-Nagel-Straße.

Behutsam startete ich den Motor. Gut, dass hier ein Verkehrsschild Tempo 30 für die Autofahrer vorschrieb. So fiel meine Schleichfahrt nicht weiter auf. Außerdem saß ja eine Oma am Steuer.

Vor dem Eingang des Kindergartens wartete ich erneut. Es gab jetzt zwei Möglichkeiten: entweder stieg Frau Schumann anschließend in die Straßenbahn, um zu ihrer Arbeit zu gelangen oder sie arbeitete hier irgendwo in Großzschocher und würde zu Fuß gehen. Ich musste mich überraschen lassen.

Endlich erschien die Frau in der Tür der Kita und legte gleich einen schnellen Schritt vor. Ich startete den Motor und fuhr ihr im Schritttempo hinterher. Zu meiner großen Freude überquerte Frau Schumann nur die Dieskaustraße und verschwand wenig später im Bäckergeschäft des nahe gelegenen Supermarktes. Ich fuhr auf den Parkplatz, stellte den Motor ab und wartete eine Weile. Dann ich stieg aus, näherte mich vorsichtig dem Geschäft und betrat es.

Schon beim Eintreten sah ich sie in einer weißen Schürze hinter der Theke stehen. Es roch himmlisch und ich kaufte ein Stück Quark-Sahne-Torte. Freundlich und mit einem breiten Lächeln bat mich Frau Schumann, passend zu bezahlen. Eigentlich fand ich sie ganz nett. Bestimmt ahnte sie nicht, was für gemeine Spielchen ihr Sohn trieb. Aber das würde ich ihr schon noch wirkungsvoll zur Kenntnis bringen. Doch auch sie hatte es ja anscheinend faustdick hinter den Ohren, wie ich von meiner Hedwig wusste. Jetzt jedoch verabschiedete ich mich erst einmal mit: »Vielen Dank Frau Schumann.«

Zwei Tage waren seit Beginn meiner *Ermitt-lungen* vergangen. Es hatte sich gelohnt. Die gesammelten Informationen gaben mir gute Möglichkeiten, meinen Plan auszuführen.

Jetzt, am Nachmittag, nahm ich nach dem Kaffeetrinken Nummer eins aufs Korn – Marcus Lippert, die Igelfrisur. Der Junge trainierte um diese Zeit im Fußballverein in Knauthain. Sein Training würde bald zu Ende sein. Das hatte ich leicht in Erfahrung bringen können, nachdem ich seine Fußballsachen auf den Wäschetrockenplatz hatte hängen sehen. Auch sein Fahrrad, in den Farben des Vereins lackiert, ließ kaum Zweifel daran, dass er damit zum Training fuhr. Der Schaukasten des Vereins gab die Trainingszeiten der einzelnen Altersklassen preis. Alles ganz einfach herauszufinden.

Ich parkte einige Meter vor dem Einlasshäuschen in Fahrtrichtung. Jeder musste hier vorbei, ob auf dem Weg zum Spiel oder Training. Langsam legte sich die Dunkelheit auf den spärlich beleuchteten Vorplatz des Vereins. Bewaffnet mit meiner Gehhilfe, die nach meinem Beinbruch von vor zwei Jahren übriggeblieben war und Lukas Kopflampe für Fahrradfahrer, lauerte ich im Schatten des Einlasshäuschens.

Dann sah ich den Jackendieb – zum Glück allein - aus der Tür kommen und auf sein Fahrrad zusteuern. Genau darauf hatte ich gehofft. Viel Zeit blieb mir nicht, bis die anderen ihm folgen würden. Ich dachte an meinen verzweifelten Lukas. Jetzt gab es kein Zurück mehr

Noch zwei, drei Meter und dann …

Der Dynamo des Fahrrades surrte, wahrscheinlich trat Marcus gerade richtig in die Pedale. Ein kurzer Blick. Ich passte genau den Moment ab, als er mit seinem Fahrrad an mir vorbei wollte. Zack - warf ich ihm die Krücke in die Speichen.

Igelfrisur verlor die Balance und landete nach einem Salto in der angrenzenden Thujahecke. Das Fahrrad rutschte noch einige Meter weiter. Ich zückte mein Handy, hob meinen Gehstock auf und ging flugs auf den Jungen zu. Dieser lag in der Hecke, hielt sich den Kopf und rieb sich mit der anderen Hand vor Schmerzen den Rücken.

»Das war keine rekordverdächtige Landung«, sprach ich ihn mit kräftiger Stimme an. Ich drückte ihm meinen Gehstock auf die Brust und schaltete die Kopflampe ein. Geblendet vom hellen Lichtstrahl erfasste der Junge bestimmt nicht, dass eine Oma ihn in Schach hielt.

«Du machst ja ein noch bescheuertes Gesicht, als ich mir vorgestellt hatte.« Ich hielt ihm kurz mein Handy unter die Nase. » Habe ich hier jetzt alles auf Video.« Dass dies ein relativ altes Modell war, würde er in dieser Situation bestimmt nicht checken. Ich sah, wie er sich langsam aufzurappeln versuchte. Ein kurzer Blick nach links, ein kurzer Blick nach rechts. Noch kam niemand. Ich schubste ihn erneut mit dem Stock in die Hecke zurück. Überrascht und benommen von dem erneuten Sturz schien er im Moment noch keine Abwehrkräfte mobilisieren zu können.

»Hör mir zu! Wenn du noch einmal die Jacke oder das Taschengeld von Lukas stiehlst, kannst du etwas erleben!« Ich erhöhte den Druck mit meiner Krücke. «Als erstes gibst du ihm die Jacke zurück. Und denke nicht, dass ich spaße. Machst du nicht, was ich dir sage, wird dein Vater erfahren, was für ein Früchtchen du bist. Ich weiß nicht, ob ihm als Anwalt das gefallen würde. Für Erpressung und Diebstahl gibt es auch schon mal sechs Monate Jugendknast. Das solltest du wissen! Hast du mich verstanden?« Ich trat einen Schritt zurück. »Und zu niemandem ein Wort von unserem heutigen Trainingsabschlussgespräch. Klar? Sonst steht das Video im Netz!« Ich wartete nicht auf eine Antwort. Ich hörte Stimmen und machte mich lieber schnell aus dem Staub. Ich lief ein paar Meter, knipste die Kopflampe aus und stieg in mein Auto. Im Schutz der Dunkelheit fuhr ich davon. Mann, Mann, meinen Blutdruck würde ich jetzt nicht messen wollen!

Die trübe Novembersonne verbreitete an diesem Sonntagvormittag eher einen Vorgeschmack auf den Frühling als auf einen anstehenden Winter mit Kälte und Schnee. Lautes Rufen weckte meine Neugier und ich öffnete die Terrassentür. Jetzt, da die Bäume kein Laub trugen, konnte ich gut in Hergerts Garten hinübersehen. Doch ich wusste auch so, wen meine Nachbarn suchten.

Gern hätte ich gefilmt, wie kleinlaut und schockiert Benno einen Tag später an meinem Gartenzaun stand, nachdem ich ihn abgepasst hatte, als er von der Schule zurückkam.

»Na, suchst du deinen Lumpi?« hatte ich ihn unverblümt gefragt.

»Haben Sie ihn denn gesehen? Er ist seit zwei Tagen weg. Wir haben überall gesucht.« Er schien richtig betrübt zu sein.

»Ja, natürlich.« Ich ließ ich ihn zappeln.

»Wo ist er denn?«, fragte er mich mit großen Augen. Ich zuckte mit den Schultern.

»Ich bin mir nicht sicher. Ich könnte mir aber vorstellen, wo er sein könnte.«

»Na dann sagen Sie es doch!«

»Nein, Benno. Warum sollte ich?«

»Wie, nein?« Er schien die Situation nicht zu erfassen und hakte nach: »Sie wissen wo mein Lumpi ist, sagen es mir aber nicht?«

Ich verschränkte die Arme vor der Brust und lächelte vieldeutig, dann nickte ich.

»Was? Das ist nicht fair. Das hätte ich nicht von Ihnen gedacht!«

»Ach Benno, ich hätte auch nicht gedacht, dass du, als unser Nachbar, den Lukas nackt unter der Dusche filmen würdest.« Das hatte gesessen.

»Das war doch nur Spaß.« Er winkte ab und blickte trotzig drein.

»Rede dich nicht heraus. Und zudem nehmt ihr ihm immer das Taschengeld ab.«

Bennos Augen wurden auf einmal zu kleinen Schlitzen. »Das hat er uns freiwillig gegeben.«

»Weil ihr ihm Prügel angeboten habt. Ich bin nicht blöd.« Ich trat einen Schritt näher an ihn heran. »Und jetzt hör gut zu! Du hast genau einen Tag Zeit, den Film bei Facebook zu löschen. Und gnade dir Gott, du lässt etwas von unserem Gespräch verlauten oder vergreifst dich noch einmal an Lukas. Dann lasse ich Lumpi einschläfern und erzähle deinen Eltern, was du so treibst.« Ich hob die Stimme noch etwas an: »Hast du mich verstanden?«

»Ja, ja«, antwortete mir Benno mit weit aufgerissenen Augen. Ich nahm ihm ohne weiteres ab, dass er das von mir nicht gedacht hätte.

»Und denke nicht, dass ich nicht prüfen kann, ob du das Video im Netz gelöscht hast. Hau jetzt ab und denke dran, was ich dir gesagt habe, wenn du Lumpi wiedersehen willst.«

Sein Mund stand offen. Ich ließ ihn einfach stehen.

Jetzt musste ich mich nur noch um die Erziehung von Erik Schumann kümmern. Es war 19 Uhr. Ich griff zum Telefon. »Frau Schumann?«, vergewisserte ich mich und fuhr fort, als sie meine Frage bejaht hatte.

»Ich mache es kurz. Ihr Erik nimmt meinem Enkel Lukas das Taschengeld ab und schikaniert ihn, wo er nur kann. Lassen Sie mich bitte ausreden «, würgte ich sie bei dem Versuch, mich zu unterbrechen ab. »Wenn das nicht aufhört, gebe ich Ihrem Mann einen Tipp, wie Sie abends Ihre Zeit verbringen, während er auf Montage ist.«

Stille am anderen Ende der Leitung. » Ich habe erst vor Kurzem Fotos gemacht, als sie spät abends mit ihrem Geliebten unerkannt ins Haus huschen wollten. Ich hoffe, Sie verstehen mich.« Ich hörte sie schnaufen. Doch ich musste an Lukas denken: »Sollten Sie es nicht schaffen, Ihren Sohn von seinen Gemeinheiten abzubringen, dann wäre es vielleicht besser, Sie würden nicht mehr arbeiten und sich stattdessen voll und ganz um die Erziehung Ihrer Kinder kümmern. Ich bin sehr gut mit Ihrer Chefin befreundet. Ein paar gezielte Hinweise und Sie verkaufen nirgendwo mehr Brötchen. Und noch ein Tipp: Ich würde besser auch niemanden etwas von unserem Gespräch erzählen.«

»Was ich mir erlaube?« wiederholte ich ihre empört gebrüllte Frage. Offensichtlich war sie vor Schreck nicht in Ohnmacht gefallen. »Bleiben Sie mal ganz ruhig, Frau Schumann. Noch ist nichts passiert. Noch habe ich nicht mit Ihrem Mann oder Ihrer Chefin gesprochen. Noch habe ich nicht Ihren Kinderwagen…«, hier brach ich kurz ab und machte eine kleine, wirkungsvolle Pause. »Ach, Frau Schumann. Wir wollen doch alle bloß, dass unsere Kinder und Enkel gesund und gut durchs Leben kommen. Ich auch. Denken Sie bitte daran.« Ich legte auf und atmete tief durch.

An diesem Abend ließ ich Lumpi aus dem Keller frei. Munter und vollgestopft mit Hundeleckerli sprang er hinüber auf das Grundstück der Hergerts und bellte freudig vor deren Terrassentür.

Gespannt wartete ich an diesem Mittwochmittag auf Lukas. Da flog auch schon das Gartentor auf und er stürmte herein. Ich stand gerade in der Küche und spülte die Spaghetti mit heißem Wasser ab. Er umarmte mich von hinten und drückte mich fest. Einige Spaghetti machten sich selbstständig und verschwanden auf Nimmerwiedersehen aus dem Sieb im Ausgussbecken.

»Omi, siehste was?«

Ich musterte ihn. Natürlich war mir gleich aufgefallen, dass er seine G-Star-Jacke wieder trug, ließ ihn aber noch einen Moment lang zappeln: »Wo hast du die denn so plötzlich her?«

»Du glaubst es nicht, Omi! Ich war ganz überrascht. Markus hat sie ganz freiwillig wieder mitgebracht. Er hat mir gesagt, dass er sie sich nur mal für einen Treff mit der Freundin ausborgen wollte, weil er sie so schick fand.«

»Na, siehst du? Besser wäre es gewesen, er hätte dich vorher gefragt«, erwiderte ich. »Wasch dir noch die Hände und dann komm Essen.«

Lukas spulte die Nudeln um die Gabel. »Noch etwas war heute komisch.«

»Ja?«, hakte ich nach.

»Niemand hat mir Prügel angedroht und ich habe immer noch mein ganzes Taschengeld.« Er schien sein Glück kaum fassen zu können. Lukas schob die Gabel in den Mund und kaute mit einem Lächeln auf dem Gesicht. Dann sah er mich an und fragte: »Hast du eine Ahnung, wieso die jetzt so nett zu mir sind?«

Ich versuchte, betont ahnungslos zu schauen.
»Nein. Nochmal Tomatensoße auf die Spaghetti?«

Er nickte heftig.

Ich war erleichtert. Plan B würde ich wohl nicht ausführen müssen. Die letzte Woche war aufregend genug für mich gewesen.

# Keine Rückkehr nach Heidiland

Ich war von Anfang an gegen einen Urlaub in der Schweiz gewesen. Wie konnte Roland nur annehmen, dass für mich eine Eisenbahnrundfahrt durch die Schweiz, der Inbegriff eines Urlaubes sein könnte? Tagsüber ständig im Zug sitzend und abends Übernachtungen in ständig wechselnden Hotels. Aber Roland liebte die Berge. Klara, sagte ich zu mir, du musst in einer Beziehung auch Kompromisse machen. Gut, ich wusste, dass es in der Schweiz traumhaft gute Schokolade gab und die einmaligen Tortenkreationen zum Kaffee würden mich im Nachhinein versöhnlich stimmen.

Zudem durfte ich nach dem Verzehr all dieser Köstlichkeiten mit einer überwältigen Flut von Glückshormonen rechnen, leider aber auch mit dem Zuwachs meines Hüftgoldes. Wenigstens schlemmen wollte ich, ohne dass meine Lieblingsjeans am Bund gleich wieder zu drücken begann. In Vorbereitung auf diesen Urlaub hungerte ich mir deshalb drei Kilo ab. Meine Vorahnungen waren nicht unbegründet, denn ein Panoramazug würde uns innerhalb der acht Tage zu bemerkenswerten Sehenswürdigkeiten des Landes fahren. Das bedeute für uns, wie für jeden Fahrgast auch, ständiges Essen ohne Bewegung. Da würde selbst der Darm Urlaub schieben.

Na, ich will nicht ungerecht sein. Schon am ersten Tag verzauberten mich Leipziger Flachländerin die Berge mit ihren weißen Gipfeln, die in der Maisonne wie Zuckerguss glitzerten.

Nach der beeindruckenden Auffahrt zu Eiger, Mönch und Jungfrau trat ich bei Kaiserwetter überwältigt hinaus auf die Plattform. Der sagenhafte Blick über das ewige Eis ließ mich die Unzufriedenheit der letzten Monate vergessen. Klein und bedeutungslos kam ich mir vor. Die schöne und doch zugleich raue Bergwelt wirkte hier allem Menschlichen überlegen, und doch bewies die Plattform Top of Europe in 3571m Höhe, dass gerade der menschliche Wille diesen Ausblick ermöglicht hatte. Im Angesicht der Schneegipfel und des Aletschgletschers schien die Welt friedlich und versöhnlich.

War es wirklich so friedlich in der Schweiz? Noch ahnte ich nicht, was am Ende unserer Reise geschehen würde.

Auch am letzten Tag unserer Rundreise waren wir zeitig aufgestanden. Noch vor dem Zähneputzen schob Roland den frisch geladenen Akku in die Kamera und steckte eine neue Speicherkarte ein. So lieb Roland sein konnte, auf der Jagd nach dem perfekten Foto vergaß er über Stunden hinweg, dass ich auch noch da war. Ich hätte mir öfter einmal eine Umarmung oder einen Kuss gewünscht, schließlich kannten wir uns erst ein Jahr.

Die Sonne am wolkenlosen Himmel verhieß eine exzellente Weitsicht und natürlich tolle Fotos. Der Bernina-Express führte uns wieder in die Welt der Berge.

Wir saßen in Fahrtrichtung rechts. Die Stimme des Reiseführers erklang aus dem Lautsprecher und pries das Bergmassiv linkerhand als berühmtes Fotomotiv an. Da vor dem gegenüberliegenden Fenster unseres Abteils zwei Leute die Sicht versperrten, sprang Roland auf und ging an die Zugtür, wo er bei freier Sicht aus dem Türfenster würde fotografieren können. Ich hingegen blieb sitzen und genoss die Sicht auf einen immer näherkommenden Bergsee. Zu meiner Freude, spiegelte sich das Wasser wie am Mittelmeer türkisblau in der Sonne. Wie gern würde ich jetzt dort in einem

Strandkorb dösen und einen Milchshake genießen! Wenigstens musste ich nicht wandern. Ich holte meinen Fotoapparat heraus und hielt die herrlichen Farben für immer fest.

Der Zug ratterte in eine kleine Rechtskurve und bot beim Näherkommen einen herrlichen Blick auf den See. Majestätisch ragte die graue Felswand auf einer Seite aus dem Wasser und stand zu dem türkisblauen Wasser in einen beeindruckenden Kontrast. Die Uferlinie verlief um den Berg herum und der See schien fast das ganze Tal auszufüllen.

Ich sah ein kleines Boot einsam auf den Wellen treiben. Schon konnte ich darin einen beleibten Mann mit dunklen kurzen Haaren und eine blonde Frau unterscheiden. Sie saßen sich gegenüber und hatten den See ganz für sich. Jedenfalls konnte ich keine weiteren Besucher entdecken. Traumhaft.

»Roland, schau mal«, rief ich begeistert.

Doch er reagierte nicht. Ich sah ihn an der Tür stehen und ohne Pause auf den Auslöser drücken. Die Bahn schlängelte sich in Schrittgeschwindigkeit über das Gleisbett immer näher an den See heran. Das Boot war jetzt so nah, dass ich einzelne Gegenstände auf seinem Boden erkennen konnte.

Die Wellen kräuselten sich leicht. Zarte weiße Schaumkronen rollten dem weit entfernten Ufer entgegen. Ich griff zu meiner Kompaktkamera und dachte an die Tipps für einen guten Bildaufbau, als ich durch die Linse schaute. Der Schneegipfel, die Sonne und natürlich das Boot ergaben ein Postkartenmotiv. Ich drückte den Auslöser. Doch was war das? Stand die Frau jetzt? Ich zoomte näher heran. Tatsächlich. Sie gestikulierte wild. Wie ein Paparazzo drückte ich auf den Auslöser: Klick, Klick, Klick. Der Kahn schaukelte bedrohlich. Mein Gott passt auf, hätte ich beinahe gerufen, das Boot könnte kentern! Da sah ich, wie die Frau nach dem Ruder griff und ausholte.

»Und jetzt sehen sie links...«, tönte es aus den Lautsprechern im Zug. Nein, nein nein, dachte ich, rechts passiert etwas!

Klick, klick.

Der Auslöser surrte.

Der Mann im Boot bekam das hernieder sausende Ruder zu fassen.

Klick.

Das Boot schwankte immer mehr.

Noch ein Bild! Für einen Sekundenbruchteil sah ich zu Roland hinüber. Ein weißes Bergmassiv auf der anderen Seite schien ihn zu faszinieren und seine ganze Auf-merksamkeit zu binden. Er würde mich nicht rufen hören, da müsste ich schon in ein Alpenhorn blasen. Ich schaute wieder auf den See. Die beiden rangen immer noch miteinander. Plötzlich ließ die Frau los. Ich sah ihre weißen Zähne aufblitzen. Schon vermeinte ich ihr hämisches Lachen zu hören.

Klick.

Der Mann verlor das Gleichgewicht und fiel ins Wasser.

Klick.

Die Bahn gewann gerade nicht nur an Fahrt, sondern fuhr auch einen kleinen Bogen. Nein! Nicht jetzt, dachte ich. Ich musste doch sehen, was da vor sich ging. Mit zusammengekniffenen Augen schoss ich weitere Fotos. Da! Die Frau nahm das zweite Ruder. Plötzlich Zweige, Blätter, immer mehr Grün, die mir die Sicht versperrten. Ich hörte ein Klatschen. Verdammt!

»Hast du das gesehen?« Roland stand plötzlich neben mir.

»Ja, was?«, erwiderte ich verwirrt. Er zog die Stirn kraus.

»Ich glaube«, hörte ich mich wie aus weiter Ferne stammeln, »ich habe etwa ganz Schreckliches gesehen.»

»Ach, was willst du denn gesehen haben?«

»Auf dem See da unten«, antwortete ich unsicher.

Roland schüttelte seinen braunen Lockenkopf und setzte sich, um die Bilder in seiner Kamera zu kontrollieren. Nicht ein einziges Mal hatte er auf den See geblickt, geschweige denn so getan, als würde er sich dafür interessieren was ich gesagt hatte.

»Hast du die Berge gesehen? Die Gipfel scheinen an die Himmelspforte zu stoßen«, entgegnete er stattdessen und verschwand wieder in Richtung Zugtür.

Ich sah ihm nach. Traurigkeit überfiel mich und in mir stieg die Unzufriedenheit der letzten Monate wieder hoch. Plötzlich kamen mir Fragen in den Kopf: Warum war ich eigentlich noch mit Roland zusammen? War Glück doch nur ein flüchtiger Moment? Musste ich mich damit abfinden?

Ich dachte an die Frau auf dem See. Wieder blickte ich auf die Wasserfläche, die wie ein türkisblaues Auge hinter den Bäumen hervorschaute. Ich lehnte mich zurück. Hatte ich wirklich das gesehen, was ich vermutete?

Die Bahn schob sich fast geräuschlos Meter für Meter über die Gleise, der nächsten Station entgegen. Erneut versuchte ich, einen Blick auf den See zu erhaschen, der langsam aber sicher kleiner wurde. Das Boot konnte ich nicht mehr erblicken. Beängstigend. Die Wasseroberfläche schimmerte friedlich in meinen Lieblingsfarben. Ich blickte auf die Uhr. Es war 5 Minuten vor 12.

»Sag mal Roland, wie hieß dieser See gerade?«

Roland setzte sich in diesem Moment mir wieder gegenüber ans Fenster. »Wozu willst du das wissen?«

Konnte er nicht einfach nur antworten? »Nur so. Die Farben des Wassers waren so herrlich.»

»Lago di Poschiavo«, antwortete er, ohne lange zu überlegen. Ich notierte mir Ort und Zeit.

Auf der Rückfahrt ins Hotel beachtete mich Roland wieder etwas mehr. Wie gönnerhaft. Das versöhnte mich nicht wirklich.

Am nächsten Tag fuhren wir nach Hause. Dort angekommen brachte Roland das Gepäck ins Bad. Ich begann sofort, die Wäsche zu sortieren, und setzte die erste Waschladung an. Unsere Schuhe standen bereits wieder im Regal und alles andere war ebenfalls ausgepackt. Jetzt könnte ich… Zu spät. Roland saß schon am Computer und lud die Bilder von der Kamera herunter. Ich würde mit meinen Fotos wohl bis zum nächsten Tag warten müssen.

Am nächsten Morgen klingelte der Wecker bereits um 5.25 Uhr. Für Roland war der Urlaub Schnee von gestern. Für mich würde der Arbeitsalltag in der Steuerkanzlei erst zwei Tage später wieder beginnen. Obwohl auch ich den Wecker hörte, hielt ich die Augen geschlossen. Ich ließ Roland den Tag allein beginnen. Er würde sich einen Kaffee kochen, sich anziehen, den Kaffee viel zu heiß schlürfen und schließlich die Frühstücksbrote mitnehmen, die ich am Tag vorher vorbereitet und in den Kühlschrank gelegt hatte. Genauso wie immer.

Kurz darauf fiel die Tür ins Schloss. Ich streckte mich kurz. Dann sprang ich voller Neugier aus dem Bett. Noch im Schlafanzug stellte ich die Kaffeemaschine an. Dann erfolgte eine kurze Dusche, während die Maschine den Kaffee brühte. Wenig später schaltete ich den Computer ein und schloss meine Kamera an. Natürlich war dieser einfache Fotoapparat kein Vergleich zu Rolands Spiegelreflexkamera. Aber eine hohe Pixelzahl macht noch kein gutes Foto.

Während die Fotos im Computer landeten, trank ich in Ruhe meinen Kaffee. Den neuen Ordner nannte ich »Schweiz am See« und versah ihn mit einem Passwort. Obwohl ich gern sofort zur bewussten Serie gegangen wäre, riss ich mich zusammen und klickte die Aufnahmen der Reihe nach an. Endlich erschienen die erwarteten Bilder.

Auf dem ersten Foto saßen die beiden Personen noch ordentlich im Boot. Es war nicht zu sehen, ob sie miteinander diskutierten. Auf der nächsten Aufnahme hatte die Frau die Arme oben und grinste den Mann an. Ich konnte es ganz deutlich erkennen.

Die nächsten Bilder ließ ich in kleinen Sequenzen ablaufen. Die Frau erschien mir deutlich jünger als der Mann. Oder nahm ich das nur an, weil sie einen Zopf trug?

Auf dem nächsten Foto sah ich es: Die Frau hatte das an der Seite liegende Ruder aus der Halterung gezogen und holte aus. Der Mann war aufgestanden, hatte zugegriffen und das Ruder zu fassen bekommen. Er hielt es mit beiden Händen fest. Der Kahn stand bedrohlich schief. Ich erinnerte mich an die Szene. Ein Schauer lief mir über den Rücken. Gänsehaut machte sich breit. Beide hätten bei dem Geschaukel leicht ins Wasser fallen können. Ein weiterer Schnappschuss zeigte nur den Mann im Wasser.

Auf das nächste Foto kam es an. Wenn ich Glück hatte, brachte es mehr zutage, als ich aus dem Zugfenster gesehen hatte. Die Frau hatte das zweite Ruder ergriffen.

Das darauffolgende Foto zeigte nur Zweige und Blätter. Mist! Nichts war eindeutig zu erkennen. Was nun? Klüger war ich durch das Betrachten der Bilder nicht geworden. Mein Bauchgefühl sagte mir jedoch, dass da etwas nicht stimmte. Doch wie konnte ich die Wahrheit herausfinden?

Das Handy klingelte und das Display zeigte die Nummer meiner Freundin. Ich schaute auf die Uhr. Es war schon fast 9.00 Uhr. Ich hatte Mandy ganz vergessen.

»Bleibt es dabei, dass wir uns zum Frühstück treffen?« wollte sie wissen. Ich gab meinem Herzen einen Stoß und bejahte: »Bis gleich.« Ich würde mich nicht beeilen müssen. Unser Stammcafé befand sich in der »Karli», wie wir Leipziger die Kneipenmeile in der Südvorstadt liebevoll nannten. Dort gab es wesentlich mehr zu entdecken, als auf der Kneipenmeile im Barfußgäßchen in der Innenstadt. Hier pulsierte nicht nur bis spät in die Nacht das Leben, es gab auch am Tag viel zu entdecken. Im *Wendel* schmeckte der Kaffee gut und, was ich sehr schätzte, es gab dort auch etwas Herzhaftes zum Frühstück. Für Marmelade am frühen Morgen konnte ich mich nicht begeistern.

»Du siehst aber erholt aus«, empfing mich Mandy. Sie war schon da und wartete auf mich.

»Ich habe nicht gleich einen Parkplatz gefunden«, entschuldigte ich mich und umarmte sie.

»Du könntest ja das kleine Stück von der Selnecker Straße bis hierher auch mit dem Fahrrad fahren«, erwiderte sie lachend.

»Könnte ich. Aber du weißt doch, was ich für eine Sportskanone bin...«

Wir wählten einen Tisch aus, hängten unsere Taschen über die Stuhllehnen und begaben uns an die Theke. Ich überlegte währenddessen, ob ich Mandy von meiner seltsamen Beobachtung erzählen sollte oder nicht. Sie nahm Kaffee und Buttercroissants und ich wählte Rührei mit Schinken und einen Cappuccino.

»Wir werden uns ein anderes gutes Café suchen müssen«, erklärte Mandy, als wir saßen.

Ich schaute mich um und fand eigentlich alles gemütlich. »Wieso?«

»Na, jetzt gibt es hier auch schon Frühstücks-
fernsehen. Ist viel zu laut und niemanden interes-
siert das wirklich«, stellte Mandy umherblickend
fest und biss in ihr Croissant.

»Musst ja nicht hinschauen.« Ich kostete das
Rührei. »Mmm. Das hat mir im Urlaub gefehlt.«

»Nun, sag mal, wie war es eigentlich?« Mandy
brannte vor Neugier.

»Die Berge waren ergreifend. Kommst dir so
richtig klein und unwichtig vor«, erwiderte ich
und nippte von dem Milchschaum des Cap-
puccinos.

»Ja, und wie ging es mit Roland?« Mandy riss
fragend die Augen auf.

»Der Kompromiss, mit ihm in die Berge zu fahren, hat nichts gebracht. Im Gegenteil. Mir ist klar
geworden, dass…« Ich traute meinen Augen nicht.
Das war doch… Auf dem Bildschirm sah ich auf
einmal die Frau aus dem Boot. Ich war mir sicher.

»Klara, was ist dir klar geworden?«, hakte
Mandy ungeduldig nach.

»Sei mal ruhig«, entgegnete ich und erntete dafür einen verständnislosen Blick. Aber nun drehte
sie den Kopf und schaute selbst auch auf den
Bildschirm, um herauszufinden, was mich so
brennend interessierte.

Der Sprecher erklärte: »Das Unglück ereignete sich vor zwei Tagen. Der Chef der bekannten Schweizer Schokoladenfabrik *Alpenglück* ertrank bei einem Bootsausflug in einem See, weil er nicht schwimmen konnte. Seine Frau konnte ihn aufgrund seines starken Übergewichtes nicht wieder in das Boot ziehen, sonst wäre es gekentert und sie selbst in Gefahr geraten.«

»Kennst du die Frau?«, wollte Mandy wissen.

»Nein, ich habe nur aufgehorcht, weil es in der Schweiz passiert ist, wo wir doch gerade dort im Urlaub waren.« Ich nippte an meinem Kaffee.

»Na, wie dem auch sei. Diese Frau ist jedenfalls abgesichert. Sie hat bestimmt keine Geldsorgen«, stellte Mandy fest und biss in ihr Croissant.

»Da hast du allerdings recht. Also«, ich machte eine kleine Pause, »mir ist Folgendes klar geworden: Ich werde mich von Roland trennen.«

»Ich habe es geahnt.« Mandy nuschelte leicht. »Besser jetzt, als wenn du nach Jahren der verlorenen Zeit nachjammerst.«

Ich nickte ihr zu. Mandy grinste mich schelmisch an: »Du musst mit deinen 35 Jahren keine Torschlusspanik bekommen. Nur,« Mandy hielt einen Augenblick inne und pikste zur Bekräftigung der nächsten Worte mit dem Zeigefinger auf mich, »so gut wie die Schokoladenfrau wirst du es allerdings nicht haben.«

»Auch da hast du recht«, antwortete ich und dachte dabei: *Wieso eigentlich nicht?*

Gleich nach unserem Frühstück fuhr ich heim, setzte mich an den Computer und googelte. Endlich fand ich die Webseite und eine Telefonnummer. Ich rief im Sekretariat der Firma *Alpenglück* an. Der Sekretärin drückte ich mein Bedauern über das Ableben ihres Chefs aus und erklärte ihr, dass ich Frau Lechtnitz auch gern persönlich mein Beileid ausgesprochen hätte.

Erwartungsgemäß wimmelte mich die Vorzimmerdame ab. Frau Lechtnitz hätte jetzt keine Zeit für persönliche Kondolenzen. Darauf war ich vorbereitet gewesen und erwiderte: »Das verstehe ich natürlich. Wirklich. Aber richten Sie ihr bitte aus, dass eine gute Freundin aus der Schweiz angerufen hätte. Eine Freundin, die ganz besonders bedauert hat, was auf dem sonst so friedlich türkisblau schimmernden See passiert ist. Nochmals mein tiefempfundenes Mitgefühl.« Abschließend gab ich meine Telefonnummer für einen Rückruf durch.

Jetzt musste ich nur noch auf den Anruf warten. Das konnte Tage dauern. Pustekuchen. Keine zwei Stunden später klingelte schon das Telefon. Eine Schweizer Vorwahl, sie musste es sein. Ich widerstand dem Impuls, das Gespräch sofort anzunehmen und ließ es noch zweimal klingeln.

»Ja, Klara Baum, bitte?«, meldete ich mich und bemühte mich mit ruhiger Stimme zu sprechen.

»Hier Constanze Lechtnitz. Klara Baum? Ich kenne keine Klara Baum. Das muss wohl eine Verwechslung sein.«

»Natürlich können Sie mich nicht kennen. Aber ich kenne *Sie*. Obwohl – kennen ist vielleicht wirklich zuviel gesagt…« Ich holte kurz Luft und versuchte mich innerlich zur Ruhe zu zwingen und fuhr fort: »Haben Sie eine E-Mail–Adresse? Ich meine eine ganz private E-Mail-Adresse?«

»Was soll das? Ich kenne Sie nicht und meine E-Mail-Adresse geht Sie gar nichts an.« Ihre Stimme klang sicher. Doch sie legte nicht auf.

»Gut, wenn Sie nicht wollen. Ich kann die Fotos auch der Presse senden. Allerdings ist auf den Aufnahmen leider so gar nicht zu sehen, wie aufopfernd Sie versucht haben, Ihren Mann auf das Boot zu ziehen. Eher das Gegenteil. Sie greifen nach dem Ruder. Alles klar?« Ich wartete gespannt ab. Mein Puls hämmerte in den Adern. »Sind Sie noch dran?«

»Ja«, antworte Constanze Lechtnitz nach einer kleinen Pause. »Sie bluffen doch. Ich habe mir nichts vorzuwerfen.« Ihre Stimme vibrierte kaum merklich.

»Hören Sie zu. Ich habe mehrere Fotos vom Zug aus geschossen.«

»Von einem Zug aus?«, unterbrach sie mich. Sie schien nachzudenken.

»Ja, der *Bernina-Express* fährt fast zweieinhalb Kilometer am See entlang. Daran haben Sie wohl nicht gedacht, als Sie ihren Mann... Na, Sie wissen schon. Auf den Fotos ist deutlich zu erkennen, dass ihr Mann nicht freiwillig ins Wasser gesprungen ist. Ich maile Ihnen ein schönes Foto. Dafür will ich 250.000 Euro haben. Die Kontonummer schicke ich Ihnen auch gleich mit.«

»Sie sind ja wahnsinnig!«, dröhnte es vom anderen Ende. Von ihrem Zwischenruf ließ ich mich jedoch nicht ablenken.

»Vielleicht. Sie haben eine Woche Zeit. Sollte das Geld bis dahin nicht eingegangen sein, sende ich ein zweites Foto. Darauf ist der Hergang noch deutlicher zu sehen. Serienauslöser sind an den neuen Kameras doch etwas Herrliches.« Sie musste ja nicht wissen, dass ich den Auslöser nur schnell gedrückt hatte. Aber an Rolands Kamera gab es so etwas. Das wusste ich genau. »Dann kostet Sie der Spaß allerdings 300.000 Euro. Danach haben Sie wieder eine Woche Zeit, mir das Geld zu überweisen. Ein drittes Foto wird es für Sie nicht geben. Das geht dann direkt an die Presse.« Mir zitterten die Knie. Gut, dass ich schon saß. Schließlich hatte ich so etwas noch nie gemacht. Aber sie erbte schließlich Millionen, weil sie einen Menschen auf dem Gewissen hatte. Was waren da schon 250.000 Euro? Was gab es so lange zu überlegen? Unruhe beschlich mich. Schweißperlen besetzten meine Stirn.

»Gut. Und woher weiß ich, dass ich Sie dann für alle Zeit los bin?«

»Glauben Sie mir. Mir reicht das Geld. Ich kann zwar gut schwimmen, aber ich werde die Bilder zu meiner Sicherheit bei einem Rechtsanwalt aufbewahren lassen.«

Eine Woche später freute ich mich, dass ich ein eigenes gut gefülltes Konto hatte. Ein zweites Foto würde ich der Lechtnitz nicht schicken müssen.

Roland legte ich einen Abschiedsbrief auf den Tisch. Ich wollte nicht mehr diskutieren. So war es auf alle Fälle besser für ihn, besser als eine Bootstour auf dem Lago di Poschiavo.

Meine Reisetasche enthielt nur das Nötigste. Als ich die Wohnungstür hinter mir ins Schloss zog und den Schlüssel in den Briefkasten warf, wusste ich eines: Nie wieder würde ich einen Urlaub im Heidiland verbringen.

## Ein Ata-Girl räumt auf

»Sind Sie sicher, dass die Türen verschlossen waren?«, fragte Kriminalhauptkommissar Lucht.

Heinz Trettner, der Hausmeister des Anwesens, nickte. »Ja«, versicherte Heinz Trettner mit Nachdruck in der Stimme. »Als Dr. Keitel gestern mit dem Taxi wegfuhr, habe ich alles kontrolliert. Die Türen waren zu. Ich bin dann wieder rüber gegangen«, versicherte der Hausmeister.

»Rüber?«, hakte Lucht nach.

»Ja, ich wohne im Gartenhaus.« Mit der Hand zeigte Trettner ins Grüne neben der Villa.

Das nicht gerade kleine Gebäude, das Trettner als Gartenhaus bezeichnete, stand links von der beeindruckenden Villa, verdeckt durch hochgewachsene Magnolien und Fliedersträucher. Sie selbst standen vor der Eingangstür des herrschaftlichen Hauses von Dr. Keitel.

Der Kommissar sah dem 50-Jährigen in Jeans und Polohemd forschend ins Gesicht. Er gab als Hausmeister ein stattliches Mannsbild ab, mit Händen, die bestimmt richtig zupacken konnten. »Wer kann die Alarmanlage außer Ihnen beiden noch bedienen?«

»Ich weiß von niemandem. Der Doktor war sehr vorsichtig. Genau kann ich es jedoch nicht sagen.« Trettner zuckte mit den Schultern.

»Woran haben Sie bemerkt, dass etwas in der Villa nicht stimmte?« Lucht dachte daran, dass keine Einbruchsspuren sichtbar waren.

Stolz auf seine gute Beobachtungsgabe, erklärte Trettner dem Beamten, dass der Blumentopf auf dem Treppenabsatz vor der Haustür verrückt gewesen sei, also nicht auf seinem gewohnten Platz stand. Das habe sein Misstrauen geweckt. Daraufhin schaute er genauer hin und bemerkte, dass die Haustür nur angelehnt war. Ein leichtes Lächeln huschte über Trettners Gesicht, als er ausführte, er wisse als CSI-Fan natürlich, dass er keine Spuren verwischen und nichts anfassen dürfe. Deshalb habe er vor der Villa auf die Polizei gewartet.

Dennoch – Trettner ärgerte sich maßlos, dass er gestern Abend nichts bemerkte hatte. Angetrunken war er nach dem Skatabend mit Freunden nach Hause gewankt. Wenig später lag er neben seiner Frau im Bett, wobei er die Beine weit über dem Bettgiebel hängend ließ.

»Kennt die Putzfrau oder die Haushälterin den Code der Alarmanlage?«, half Lucht Trettner auf die Sprünge.

»Nein, Frau Helmer, seine langjährige Haushälterin, kommt nur, wenn er da ist. Dr. Keitel lebt seit dem Tod seiner Frau allein.«

Lucht hob seine buschigen Augenbrauen. Seine nächste Frage war damit bereits beantwortet.

»Arbeitet Ihre Frau ebenfalls für den Doktor?«, wollte der Kommissar wissen, denn er sah den Ehering an Trettners Hand.

»Nein, meine Frau putzt zwar auch, arbeitet aber in einer kleinen Reinigungsfirma.« Er erklärte dem Kommissar, dass sie hier umsonst wohnten. Dafür pflege er das Anwesen, erledige die Reparaturen und solle das Haus bewachen. Für zwei Leute gäbe es da so viel nicht zum Putzen, denn Dr. Keitel sei als Experte für die Erforschung von Brandursachen oft unterwegs. Außerdem wurde Dr. Keitel als Koryphäe zu Kongressen eingeladen und sei auch als Dozent gefragt.

Ein Mitarbeiter der Spurensicherung steckte seinen Kopf durch die Haustür und bekundete damit, dass beide jetzt das Haus betreten dürften.

»Kommen Sie«, forderte Lucht Trettner auf.

Trettner ahnte nichts Gutes, als sie nach dem Durchqueren des Eingangsbereiches das Gästezimmer betraten. Seine Vermutung bestätigte sich.

»Die Sitzgruppe fehlt«, sagte er, wobei sein Gesicht die Farbe einer Tomate annahm und seine Halsschlagadern anschwollen. Der Kommissar bemerkte die Veränderung des bisher so ruhig gebliebenen Mannes.

»Was hat es mit der Sitzgruppe auf sich?«

»Echt Chippendale.« Trettner geriet für einen Moment ins Schwärmen. Er erläuterte dem Kommissar, dass er gelernter Polsterer sei.

»Und?«, drängte der Kommissar.

Der Hausmeister begriff, dass der Kommissar keine Lust auf seinen Lebenslauf verspürte, und versuchte seine Ausführungen knapp zu halten: »Ich fand die Chippendale-Sitzgruppe bei Dr. Keitel auf dem Dachboden. Völlig ramponiert stand sie zwischen alten Bettgestellen, Kisten und eingesponnen Bilder rahmen.« Trettner schluckte, als dieses Bild wieder aus seiner Erinnerung auftauchte. »In wochenlanger Handarbeit habe ich in meiner kleinen Werkstatt das beschädigte Holzgestell der Couch bearbeitet. Mit besonderer Sorgfalt habe ich die geschnitzten Verzierungen an den Stuhllehnen lackiert und die Polster mit stilechtem Stoff bezogen. Zum Schluss habe ich sogar wieder die Ziernägel eingeschlagen. Wissen Sie wie viel Herzblut da drin steckt?« Trettner war jetzt nicht mehr zu bremsen. »Selbst Dr. Keitel hatte es gar nicht fassen können, welches prächtige Kleinod unter meinen geschickten Händen entstanden war.« Trettner holte kurz Luft, um sich etwas zu beruhigen.

Mit der restaurierten Sitzgruppe erstrahlte damals das Gästezimmer in adligem Glanz. Der Hausherr hatte es passend dazu tapezieren und einen neuen Deckenanstrich ausführen lassen. Und nun? Alles umsonst! Die Sitzgruppe verkörperte nach der Aufarbeitung einen Wert von mehreren tausend Euro. Aber darum ging es Trettner nicht. Jetzt war es nicht nur ein Einbruch in Dr. Keitels Haus. Nein, er fühlte sich ganz persönlich bestohlen. Völlig aufgebracht eilte er mit Scanner-Blick durch alle Zimmer.

Im Wohn- und Esszimmer fehlten die Gemälde. Aus der Glasvitrine im Esszimmer hatten die Diebe das teure kobaltblaue Speiseservice entwendet. Die Stereoanlage und der große, erst kürzlich angeschaffte Flachbildschirm waren verschwunden. Sie blickten in leere, aufgezogene Schubladen, über deren Inhalt Trettner nur spekulieren konnte. Alte Bücher lagen verstreut auf dem Boden. Ob an Unterlagen etwas fehlte, vermochte nur Dr. Keitel selbst zu sagen.

»Wissen Sie, wann der Doktor wieder nach Leipzig kommt?«, erkundigte sich der Kommissar zum Abschluss.

»Mein Chef wollte nächste Woche zurück sein«, antwortete Trettner. »Er meldet sich immer einen Tag vorher an.«

Lucht klappte seinen Notizblock zu. Er wusste, Profis hatten den Einbruch präzise geplant und durchgezogen. Die Aufklärung dieses Diebstahls würde sich hinziehen, wenn die Täter überhaupt zu fassen waren. Hatte Dr. Keitel leichtfertig jemanden den Code der Alarmanlage sehen lassen? Ein Mann, der von Berufs wegen mit Verbrechen – wenn auch flammender Natur – konfrontiert war, war sicherlich sehr achtsam in diesen Dingen. Oder war dieser Hausmeister in den Diebstahl involviert? War die Entrüstung über das Verschwinden der Chippendale-Garnitur nur gespielt? Kommissar Lucht verabschiedete sich und nahm für einen Augenblick Trettner fest ins Visier.

Dieser hielt dem Blick stand und ahnte, dass er unter Verdacht stand. Was der Kommissar jedoch nicht erriet: Nicht nur für ihn begann die unerbittliche Jagd auf die Diebe …

Hannah nahm den Mantel von der Garderobe, zog die Handtasche vom Sideboard und griff nach ihrer Börse. Schnell riskierte sie einen Blick hinein. Schade. Heinz, ihr Mann, hatte nicht wie sonst am Monatsende noch einen 50-Euro-Schein hineingelegt. Gewiss, die Autoreparatur und neue Werkzeuge hinterließen ein beträchtliches Loch in der Haushaltskasse. Deshalb hoffte Hannah nun auf reichlich Trinkgeld.

Seit sie im »Black Angels« arbeitete, erhielt sie oft etwas zugesteckt, denn es war keine gewöhnliche Putzstelle.

Aber das wusste niemand. Selbst ihrem Mann verschwieg sie, dass sie in einem Bordell für Sauberkeit sorgte. Sie fürchtete, ständigen Hänseleien ausgesetzt zu sein. So ließ sie ihren Mann in dem Glauben, dass sie noch für die »Saubermännchen« Büros und Treppenhäuser schrubbte. Sie wäre ja auch bei der Firma geblieben, aber ihr Chef hatte verlangt, dass sie für die Tagestouren ihr eigenes Auto nutzen sollte. Auf Dauer mit Schrubber und Besen im Kofferraum? Das ging zu weit. Hannah hatte also die Initiative ergriffen und bei einer Blindbewerbung auch im nahegelegenen Freudenhaus *Black Angels* angerufen. Das Bewerbungsgespräch hatte sofort gezeigt, dass hier andere Dinge zählten als bei einer Treppenhausreinigung.

Hannah war zum Glück nicht empfindlich. Für die pikanten Dinge gab es Handschuhe. Und sie hatte ihr spezielles Mittel für alle Fälle: *Ata fein*, ein Reinigungspulver, welches zu DDR-Zeiten im VEB Waschmittelwerk Genthin hergestellt worden war. Damit bekam sie alles in den Griff. Auch nach der Wende blieb sie *Ata fein* treu. Zu kaufen bekam sie es leider nur noch im Ossi- Laden und der Preis für 250 Gramm *Ata fein* stieg von damals 13 – wohlgemerkt – Ostpfennig auf 3 Euro. Dafür erwies es sich als unschlagbar gegen alle hartnäckigen Verschmutzungen. Allein das war diesen Preis wert. Ein Mittel für alle Fälle.

Und es brachte ihr im »Black Angels« den Spitznahmen »Ata-Girl« ein. Hannah hatte sich schnell in die neue Arbeit eingefunden. Zwar hatte sie es sich dann doch anders vorgestellt. Aber sie sah gerade in den besonderen Umständen ihre Verantwortung in Sachen Sauberkeit und Hygiene. Frei nach dem Motto: Nur der frühe Vogel fängt den Wurm, begann sie in aller Herrgottsfrühe und blieb bis in die Vormittagsstunden, kassierte hier und dort einen Schein extra und freute sich auf den freien Nachmittag.

Die Höhe des Trinkgeldes, so schien es dem Ata-Girl, richtete sich nach der Anzahl der verschmutzten Gläser, leeren Flaschen, gefüllten Gummis und Aschenbecher, kurzum nach dem jeweiligen Verwüstungsgrad der Zimmer nach den lustvollen Ausschweifungen.

Hannah blickte auf die Uhr. Sie musste sich beeilen, wenn sie pünktlich in den Feierabend wollte. In der Sauna legte sie noch frische Handtücher aus. In den Kabinen des »Stöhnkinos« füllte sie die Spender mit Papiertaschentüchern auf. Für die ersten Besucher war somit alles bereit. Ab Mittag begann der Geschäftsbetrieb und dann übernahmen die Wirtschafter diese Serviceaufgaben. Nach einem letzten Kontrollrundgang zog sie sich um und begab sich auf den Heimweg.

Heinz Trettner saß in seinem Wohnzimmer und wippte in seinem Schaukelstuhl auf und ab. Der Inhalt der Bierflasche in seiner Hand, schwappte auf und ab. In Gedanken versunken blickte er in den Garten. Wer könnte in die Villa eingebrochen sein? Welches Zimmer schmückte jetzt *seine* Chippendale-Garnitur?

Neue Erkenntnisse schien es nicht zu geben, denn als er den Kommissar vor einigen Tagen angerufen hatte, hatte dieser nur abgewiegelt. Man ermittle in alle Richtungen.

Trettner ließ die letzten Wochen erneut Revue passieren. Nichts fiel ihm ein, was für einen Einbruch relevant sein könnte. Sein Hinweis dem Kommissar gegenüber, dass der Einbruch mit einem Gutachten von Dr. Keitel zusammenhängen könnte und nur den wahren Grund überdecken sollte, war nicht auf fruchtbaren Boden gefallen. Ob er selbst noch unter Verdacht stand?

Im Moment herrschte eine sehr angespannte Atmosphäre zwischen ihm und Dr. Keitel. Trettner trank sein Pils aus und öffnete eine zweite Flasche. Die Arbeit bereitete ihm im Moment überhaupt kein Vergnügen. Dann traf es ihn wie ein Blitz: Vergnügen? Dass ihm jene Begegnung erst jetzt einfiel. Kein Wunder. Es musste wohl Monate her sein, dass Dr. Keitel spät abends eine junge Frau mit nach Hause gebracht hatte. Ein helles Lachen schwirrte durch den Garten, als Trettner abends auf der Terrasse stand und rauchte. Er hatte sich für den Doktor gefreut. Schließlich war es wohl das erste Mal seit dem Tod seiner Frau, dass sein Chef nicht nur an die Arbeit gedacht hatte. Einen Tag später war mittags ein silberner Sportwagen zur Toreinfahrt hereingefahren. Trettrer hatte den Rasen abgeharkt, ohne das Auto aus den Augen zu lassen. Ein Mann war ausgestiegen und hatte einer hübschen Frau mit langen, blonden Haaren die Wagentür geöffnet. Ob es die Frau vom vorherigen Abend gewesen war? Im vornehmen dunkelblauen Kostüm war sie die Treppe hinauf gestöckelt und hatte wie eine seriöse Geschäftsfrau aus besseren Kreisen gewirkt. Die Frau und dieses tolle Auto hatte Trettner noch zweimal gesehen. Doch es verbot sich von selbst, Dr. Keitel nach dieser Dame zu fragen. Und die Geschäfte seines Chefs gingen ihn nun wirklich nichts an.

Trettner nahm wieder einen Schluck aus der Flasche. Er blickte auf die Uhr: Eigentlich müsste er jetzt Kaffee kochen, denn seine Hannh würde gleich von der Arbeit kommen. Doch die Erinnerung an jene Begegnung hielt ihn fest. Die Marke des tollen Flitzers war ihm schon damals nicht eingefallen. An das Kennzeichen erinnerte er sich gut, denn die Zahlenfolge ergab sein Geburtsjahr. Elektrisiert schnellte er hoch. Vergessen war das Kaffeekochen. Er lief zum Schreibtisch und notierte das Auto-Kennzeichen auf einen kleinen, gelben Zettel. Er nahm sich fest vor, der Sache auf den Grund zu gehen, als er den Schlüssel im Schloss hörte. Hannah! Sie war wie immer pünktlich. Er wollte auf keinen Fall riskieren, dass der Haussegen schiefhing. Schnell füllte er Wasser in die Kaffeemaschine und drückte den Startknopf. Doch da stand Hannah schon im Türrahmen und sagte auf ihre unnachahmlich tadelnde Weise: »Heinz?!«

Am nächsten Morgen machte sich Trettner auf den Weg zu einer Detektei mit dem Namen »Shadow«. Er hatte sich extra für diese Detektei entschieden, denn *Shadow* passte zu seiner Jagd nach einem Schatten, einem Phantom.

Er überlegte, wie es wohl im Büro des *Schattenmannes* aussehen würde: ganz bestimmt unordentlich, überall Akten, verraucht, ein voller Aschenbecher auf dem Tisch. Als er das Büro betrat, musste er seine Vorstellung von einer schmuddeligen Ein-Mann-Detektei jedoch korrigieren. Das Büro war hell und freundlich. Es blitzte überall vor Sauberkeit. Weder aufgestapelte Akten noch ein voller Aschenbecher zierten den Schreibtisch. Ein bisschen enttäuscht blickte Trettner auf eine hübsche Frau mittleren Alters im feinen Hosenanzug. Er hatte fest angenommen, hier auf einen Mann zu treffen, schließlich ging es um ein Kfz-Kennzeichen. Andererseits zog ihn die samtweiche Stimme von Frau Steinübel sofort in ihren Bann. Sie bat ihn, Platz zu nehmen, und lächelte.

Trettner erläuterte, dass er den Namen des Halters eines Autos benötigte und, wenn möglich, wolle er noch die Automarke wissen. Mit mehr konnte und wollte er diese moderne Miss Marple nicht beauftragen. Trettner konnte noch nicht entscheiden, ob die Information etwas im Hinblick auf den Einbruch bringen würde. Die Formalitäten wurden sehr schnell erledigt und er war um 100 Euro leichter. Das Ergebnis bekäme er bald per Post. Schade. Trettner wäre lieber mit den heiß ersehnten Informationen nach Hause gefahren. Doch die schöne Detektivin blieb hart. Mit einer freundlichen Geste dirigierte sie ihn hinaus.

Es vergingen drei lange Tage, bis Trettner die Daten in den Händen hielt. Die Adresse des Halters googelte er sofort im Internet. Die Überraschung war perfekt. Für ihn schien sich nun so einiges zu erklären.
Doch hatte er recht mit seiner Vermutung? Er telefonierte und machte sich ohne zu zögern auf den Weg. Schließlich wollte er zum Kaffeekochen wieder zurück sein.

Hannah war heute spät dran. Gleich würden die ersten Kunden kommen. Da musste sie das Etablissement schon verlassen haben. Sie wollte gerade noch die Pflanzen am Empfang gießen, als eine bekannte Stimme an ihr Ohr drang. Hannah stockte. Mit den Augen suchte sie nach einem Fluchtweg. Auf keinen Fall wollte sie gesehen werden. Ihr Blick blieb an einem schweren roten Samtvorhang hängen, der die Tür zum Wirtschaftseingang verbarg. Hoffentlich ist die Tür nicht verschlossen, dachte Hannah. Es gab keine andere Möglichkeit. Der Weg zu den Damen auf den Zimmern oder an die Bar führte direkt an ihr vorbei.

»Diskretion ist bei uns höchstes Gebot«, hörte Hannah Limona säuseln. Flink huschte Hannah am Empfang vorbei und verschwand hinter dem bodenlangen Vorhang. Sie drückte die Klinke herunter. Ein Seufzer der Erleichterung entfuhr ihr. Doch sie hielt eine Sekunde inne. Hannah brauchte Gewissheit. Noch bevor sie die Tür schloss, lugte sie kurz hinter dem Vorhang hervor. Sie sah, wie Limona mit ihrem Heinz untergehakt in Richtung Bar schlenderte.

Hannah war fassungslos. Ging ihr Heinz ins Bordell? Bis vor wenigen Sekunden hatte sie noch gedacht, dass Heinz treu an ihrer Seite lebte und um diese Zeit den Nachmittagskaffee zu kochen begann.

Bis jetzt hatte sie kaum einen Gedanken daran verschwendet, dass ständig verheiratete Männer herkamen und sich vergnügten. Das musste jeder Mann mit sich selbst ausmachen. Hauptsache, die Zimmer waren nicht so schmutzig und das Trinkgeld stimmte. Aber dass ihr Heinz hier auftauchen könnte, wäre ihr nie in den Sinn gekommen!

Wut und Enttäuschung krochen in ihr hoch, wie eine sich anschleichende Grippe. Natürlich! Jetzt wurde ihr klar, wofür Heinz sein Geld ausgab. Von wegen Werkzeuge und Autoreparatur … Sie war eine naive und dumme Kuh! Hannah schniefte und wischte sich die ersten Tränen aus den Augen. Als sie ins Auto stieg, drohten die Tränen ihre Sicht zu trüben.

»Nein, Hannah, du wirst jetzt nicht noch heulen und rote, verquollene Augen bekommen! Du wirst überlegen, wie es weitergehen soll«, sprach sie sich Mut zu. Sie startete den Motor und beschloss, zum »Pier 1« am Cospudener See zu fahren. Dort konnte sie in Ruhe überlegen.

Im »Pier 1« bestellte Hannah Kaffee und Mokka-Sahne-Torte. Warum sollte sie auf ihre Figur achten, wenn ihr Heinz am Ende doch in den Puff ging? Nur gut, dass Heinz nicht wusste, dass sie dort arbeitete. Sie hätte sonst von seinem Bordellbesuch nie erfahren.

Sie piekste den letzten Tortenkrümel auf und lehnte sich zurück. Heute bemerkte sie nicht, wie die Sonnenstrahlen glitzernd auf den Wellen des Sees tanzten und den kleinen Segeljollen auf ihrer Ausfahrt ideales Licht bescherten. Zu sehr war sie beschäftigt mit ihrer Achterbahn der Gefühle. Vor Hannahs Augen tauchte immer wieder Heinz mit Limona auf. Langsam aber bedrohlich stieg erneut kalte Wut in ihr auf. Sie sann auf Rache.

Als Hannah Stunden später nach Haus kam, saß Trettner vor dem Fernseher, als wäre nichts geschehen. Er fragte sie nicht, warum sie so spät kam, und Hannah vermied den Blickkontakt mit ihrem Mann.

»Was hast du am Nachmittag gemacht?«, wollte sie wissen.

»Ich habe den Wohnzimmerteppich in die Reinigung gebracht«, antwortete Heinz.

Er blickte nicht auf und sah deshalb nicht, wie Hannah die Mundwinkel verächtlich nach unten zog. Ihre Augen verengten sich zu kleinen Schlitzen. Als Erstes würde sie im *Black Angels* aufräumen. Heinz würde sie sich bis zum Schluss aufheben. Diesen Augenblick der Rache würde sie besonders genießen.

Zwei Tage später ging Hannah gut vorbereitet zur Arbeit. Sie beeilte sich mit der Reinigung der Zimmer. Für Limona und die anderen Zimmerdamen brachte sie kleine, aber feine Überraschungen mit. Zuerst mischte Hannah *Ata fein* unter die Peeling-Creme, denn das würde die »Massagewirkung« enorm verstärken. Dann füllte Hannah mit einer kleinen Spritze, wie man sie für Torten und Sahnehäubchen gebrauchte, etwas von ihrem Grundreiniger Silka V in die Körperlotion. Nicht zu zarter und rosiger Haut würde das führen, sondern zu ständigem Juckreiz, einer starken Rötung und vielen Pickeln.

Ein Arbeiten im »ältesten Gewerbe der Welt« wäre für die Damen bald viele Tage lang unmöglich. Dann ging Hannah an die Bar und füllte wenige Tropfen von dem farblosen Bio-Reiniger in die beliebtesten Cognac-Flaschen mit geringem Füllstand. Einmal ausgetrunken, konnte ihr niemand auf die Schliche kommen. Keiner würde ahnen, was hier Bauchschmerzen und Durchfall verursachte. Die Nebenwirkungen würden sich erst Stunden später bemerkbar machen. Sie würde zwar dadurch mehr putzen müssen, doch darauf war sie bestens vorbereitet. Lächelnd dachte Hannah an ihr *Ata fein*.

Jetzt wollte sie dem Chef noch einen Denkzettel verpassen. Schließlich gehörte Lättner ja der Laden. Seine letzte Werbeaktion, jeden Mittwoch eine Flatrate fürs Poppen einzuführen, hatte vielleicht auch Heinz, also Männer mit schmaler Börse, in dieses Etablissement gelockt.

An den Chef kam sie nicht so leicht heran. Ihr Bewegungsradius beschränkte sich auf die Umgangsräume des Geschäftes. Seine privaten Zimmer fielen nicht in ihren täglichen Putzbereich und lagen etwas abseits der Gästezimmer. Doch Hannah wollte nicht warten. Wenn sich erst herumsprach, dass Durchfall und Hautausschlag die Runde machten, würden die Sicherheitsvorkehrungen bestimmt enorm verschärft werden.

Mit einem Mikrofasertuch und einem Staubwedel bewaffnet beschloss sie, einfach den »falschen« Gang zu nehmen. Ihre kleine Sprühflasche verbarg sie in ihrer Kittelschürze. Sie atmete tief durch und eilte vorwärts. Auf der ersten Etage, wo es links zum Chefbüro ging, drangen

Stimmen an ihr Ohr. Es waren Männerstimmen, die ganz offensichtlich miteinander stritten. Was war passiert? Weder der Chef noch eine der Damen glänzten sonst so früh am Morgen mit Anwesenheit.

Hannahs Neugier trieb sie weiter. Sie blickte vorsichtig um die Ecke und lief, den Staubwedel über die Stuckkante schwenkend, an der Tür des Chefs vorbei. Dieser Gang musste zu einem separaten Ausgang führen. Es musste die Tür sein, die Hannah von außen sah, wenn sie auf dem Hinterhof den Müll in die Tonnen warf. Aber wohin sie führte, wusste sie nicht. Die Stimmen wurden lauter. Heftig stritt Lättner mit dem Türsteher Karl. Hannah lauschte genau auf jedes Wort.

»Es hilft nichts. Du musst sie beseitigen«, hörte sie den Chef sagen.

Hannah bekam Gänsehaut. Waren sie ihr schon auf die Schliche gekommen? Sie dachte an die manipulierten Bodylotions und Cremetiegel, die sie erst am nächsten Morgen gegen Unbelastete austauschen konnte. Aber die gespritzen Cognac-Flaschen müssten dann allerdings längst ausgetrunken sein. Eine Hitzewelle erfasste sie. Ihr Puls erhöhte derart das Tempo, dass jeder Schlagzeuger neidisch gewesen wäre.

»Muss das wirklich sein, Chef?«

»Ja. So ein undankbares Weib. Ich habe sie aus der Gosse gezogen. Ich bezahle ihre Kleider, den Schmuck und das Auto. Lass es wie einen Unfall aussehen!« Lättner klang hart und unnachgiebig.

»Aber ohne sie hätten wir nie die nötigen Informationen bekommen. Sie hat uns viel Geld eingebracht, Chef«, entgegnete Karl.

»Quatsch nicht. Schon deshalb können wir sie nicht gehen lassen. Sie weiß zu viel!«

Hannah fiel zunächst ein Stein vom Herzen. Um sie konnte es in diesem Mordkomplott nicht gehen. Aber um wen dann? Außerdem konnte es für sie gefährlich werden, sollten die zwei sie hier erwischen. Ihre Blicke tasteten den halbdunklen Gang ab.

»Chef, sie wird schon nichts sagen. Sie hat sich einfach nur verliebt und will ihr eigenes Leben führen. Wenn etwas schiefgeht, gibt es nur unangenehme Fragen für uns.«

»Dann streng dich an, dass nichts schiefgeht. Und weil wir gerade dabei sind. Was wollte dieser Möchtegern-Marlowe, dieser Hausmeister, hier?« Lättner klang gereizt.

Hannah hielt die Luft an. Hausmeister, Marlowe? Ging es jetzt etwa um ihren Heinz?

»Zufall, Chef. Der sucht auch nur sein Spaß.«
Der Türsteher hörte sich spöttisch an.

»Und wenn nicht? Ich glaube nicht an Zufälle. Limona sagte mir, der wollte nur quatschen! Behalt ihn im Auge, wenn er noch mal kommt«, verlangte Lättner. »Und es bleibt dabei. Sie muss weg.«

»O.k., Chef. Aber sie hat sich bestimmt gut abgesichert, wenn ihr etwas zustoßen sollte. Sie ist clever.«

»Dann finde es vorher heraus«, entgegnete Lättner barsch.

Plötzlich hörte Hannah Schritte. Blitzschnell lief sie zurück und stellte sich hinter einen künstlichen Ficus Benjamini in einer der halbrunden Nischen. Sie hielt die Luft an, presste Staubwedel und Microfasertuch fest vor die Brust, denn ihr Herz drohte herauszuspringen. Tatsächlich, Türsteher Karl nahm den hinteren Ausgang.

Das Zuschlagen der Stahltür im Erdgeschoss zeigte ihr an, dass fürs Erste die Gefahr gebannt war. Sie atmete erleichtert aus. Noch während sie überlegte, ob sie noch warten oder sich staubwedelnd davonschleichen sollte, hörte sie erneut Schritte. Sie schloss die Augen und betete. Zitternd und unfähig sich zu bewegen, registrierte sie, dass

Lättner den Weg nach vorn in die Geschäftsräume nahm. Gott sei Dank. Das war knapp.

Erst als sie keine Geräusche mehr vernahm, wagte sie sich hervor. Jetzt nichts wie weg hier. Der Schreck saß ihr tief in den Knochen. Sie hängte die Schürze in den Spind. Kurz darauf stieg sie in ihr Auto, das ein paar Straßen entfernt vom *Black Angel* stand. Aufgewühlt fuhr sie los und hielt dann in einer belebten Einkaufsstraße. Eigentlich rauchte Hannah nicht im Auto. Doch jetzt steckte sie sich eine Zigarette an, nahm einen kräftigen Zug und atmete ihn entspannt aus.

So hatte sie sich ihren Rachefeldzug nicht vorgestellt. Das belauschte Gespräch hallte noch in ihren Ohren. Meinten die Kerle ihren Heinz, als sie vorhin von einem Hausmeister sprachen? Er wollte nur quatschen, hörte sie den Chef sagen. Also hatte ihr Heinz nicht …? Hannah lächelte. Trotzdem. Auch er schien auf der Abschussliste zu stehen. Es ging um Mord. Sie hatte gerade das Gespräch zu einen Auftragsmord belauscht. Ungeheuerlich – und ihr Arbeitsgeber war der Auftraggeber. Nicht auszudenken, wenn sie ihr auf die Schliche kämen. Sie würde keine ruhige Minute mehr haben. Sie musste irgendetwas unternehmen. Nur was? Schnell konnte sie selbst in Gefahr geraten. Da fiel ihr Blick auf eine Telefonzelle, die ein paar Meter weiter auf dem Gehweg stand. Das war die Lösung.

Hannah schloss das Auto ab. Von der Telefonzelle aus rief sie die Polizei an.

Einen Tag später blieb Hannah wie angewurzelt vor einem kleinen Kiosk stehen. Eine Tageszeitung titelte: »Mord im Rotlichtmilieu«. Sofort kaufte sie sich ein Exemplar. Mord? Hatte ihr Hinweis bei der Polizei den Mord nicht verhindern können? Oder hatte sie etwa selbst zu viel von dem Grundreiniger in die Bodylotions gespritzt? Aber das Biozeug brachte doch niemanden um, oder?

Ein paar Meter von dem Kiosk entfernt sah sie sich unsicher um, bevor sie mit zittrigen Händen die Zeitung durchblätterte und nach der Fortsetzung des Artikels suchte. In den wenigen Zeilen stand zumindest nicht, dass eine verpickelte Prostituierte an einer Überdosis Grundreiniger verstarb. Es gab auch keinen Hinweis auf einen Freier, der an einem nicht enden wollenden Stuhlgang vor Schwäche auf der Toilette verhungert war.

Hannah atmete auf. Es musste sich um eine Unbekannte, um ein anderes Bordell handeln. Um ihren Chef in den nächsten Tagen nicht über den Weg zu laufen, meldete Hannah sich vorsichtshalber einen Tag später krank. Gleich zu kündigen, wäre vielleicht verdächtig gewesen.

An einem sonnigen Freitag saßen Hannah und Heinz bei Kaffee und Kuchen auf der Terrasse, als Kommissar Lucht vor ihrer Tür stand. Neugierig bat der Hausmeister den Kripomann, sich zu setzen. Hannah schlürfte ganz nervös an ihrem Kaffee.

»Es gibt Neuigkeiten«, verkündete Lucht.

»Ist denn der Diebstahl aufgeklärt?« Trettner schmunzelte vergnügt. Er stand damit nicht mehr unter Verdacht. »Es ist doch beruhigend für uns, wenn die Polizei den Verbrechern das Handwerk legt.«

»Da Dr. Keitel wieder einmal auf Vortragsreise unterwegs ist, und Sie quasi das Objekt betreuen, wollte ich Ihnen mitteilen, dass wir die Diebe gefasst haben.« Lucht sah die Erleichterung in den Augen des Ehepaares.

»Der Fahndungserfolg kam diesmal hauptsächlich aufgrund von richtigen Hinweisen aus der Bevölkerung zustande.« Es folgte eine kleine Pause.

Hannah setzte die Kaffeetasse ab und hob die Augenbrauen. Sie sah Lucht tapfer ins Gesicht und bot ihm ein Stück Selterwasserkuchen an. Doch Lucht lehnte mit der Hand auf seinen Bauch zeigend dankend ab.

»Es geht doch nichts über eine aufmerksame Bevölkerung«, warf Trettner ein. Er wollte Näheres wissen.

»Das stimmt«, erklärte der Kommissar. »Erst bekamen wir einen anonymen Hinweis auf einen Sportwagen, der hier wohl von Passanten gesehen worden ist.« Lucht machte eine Pause und sah zu Trettner. »Sogar an das Kennzeichen von diesem silbernen Crossfire konnte sich der aufmerksame Bürger erinnern.«

Hannah atmete auf.

»Dann«, fuhr Lucht mit Blick auf Hannah fort, »erhielten wir einen Hinweis aus Insiderkreisen auf einen bevorstehenden Mord in einem Bordell.«

»Ach«, entfuhr es Hannah. Ihr Gesicht wurde kreidebleich.

»Natürlich gingen wir jedem Hinweis nach. Merkwürdig fand mein Kollege bei den nachfolgenden Ermittlungen allerdings, dass fast alle

Prostituierten in dem Freudenschuppen wegen Hautausschlag nicht arbeiten konnten. Aber das spielt sowieso keine Rolle mehr.« Lucht erläuterte weiter. »Das *Black Angels* wird geschlossen. Der Chef und seine Geliebte gehören zu einer Diebesbande, die sich auf Dienstreisende spezialisiert hatte.« Lucht erklärte, dass die junge Frau als Lockvogel fungierte. »Sie erschlich sich das Vertrauen alleinstehender Männer in Hotels und auf Kongressen, besuchte sie und spionierte lohnende Ziele aus. Der Trick bei der ganzen Sache war, dass der Einbruch erst viele Monate später stattfand und der Bezug zu der ominösen Bekanntschaft nicht mehr hergestellt werden konnte. Das funktionierte fast bundesweit.« Lucht erhob sich.

»Abschließend sei gesagt, dass nicht nur einige Gemälde von Herrn Dr. Keitel sichergestellt werden konnten. Wir fanden auch die von Ihnen so genau beschriebene Chippendale-Garnitur in der Wohnung des Bordellbesitzers.«

Die Augen des Handwerkers glänzten, als er Kommissar Lucht hinausgeleitete.


Als Trettner wieder am Kaffeetisch Platz nahm, lächelte er zufrieden in sich hinein und schnitt sich ein Stück von dem Selterwasserkuchen ab.

Hannah sah ihn fragend an: »Wie weit wärst du denn gegangen, um deine Chippendale-Garnitur wiederzubekommen?«

Trettner reagierte nicht sofort, schien zu überlegen.

»Heinz, ich warte auf Antwort«, ließ Hannah nicht locker.

»Ich habe das Kfz-Kennzeichen *ermittelt*. Prima, was?« So richtig stolz klang es allerdings nicht.

»Ach so? Seit wann gibt es Kfz-Halter-Auskünfte im Bordell? Ich habe dich im *Black Angels* gesehen.«

Trettner fiel die Kuchengabel aus der Hand. Wie sollte er ihr das erklären? »Also ich habe nicht … ich habe nicht vorgehabt … ich wollte nur herausfinden, wie die Zusammenhänge sind. Ob es richtig war, was ich vermutet hatte. Das musst du mir glauben«, beschwor er Hannah verzweifelt. Es musste richtig bescheuert in ihren Ohren klingen!

»Wenn du etwas herausgefunden hättest, hättest du dich nur in Gefahr gebracht! Ist dir das eigentlich klar?« Sorge um Heinz schwang in ihrer Stimme mit. Sie hatte genug gehört und wusste deshalb, wie schnell auch ein Marlowe-Hausmeister beseitigt werden konnte.

»Du glaubst mir?« Trettner schöpfte Hoffnung und blickte voller Liebe auf Hannah. Was hatte er doch für eine Frau! Doch dann zog er die Stirn kraus. »Wieso hast du mich im *Black Angels* gesehen?« Erst jetzt fiel ihm das auf.

Hannah überlegte kurz und beschloss, alles zu beichten. Sie sprach von ihrer Arbeit, von ihrer Wut und Enttäuschung, als Heinz im Bordell aufgetaucht war, und wie sie sich gerächt hatte.

Trettner stand auf und nahm sie in den Arm. Ein Lächeln umspielte seine Lippen. »Siehst du, meine Hannah. Es ist nicht immer so, wie es scheint. Manchmal hat eben alles einen tieferen Sinn.« Er fuhr ihr mit der Hand durchs Haar. »Die Pickel und der Ausschlag verschwinden wieder. Schließlich hat deine Rache am Ende doch einen Mord verhindert.«

»Da hast du recht«, erwiderte sie und war doch recht stolz auf sich.

## My Way

Käthe stand an der Wohnungstür. Sie winkte Waltraud und Hertha noch nach, bis sich die Aufzugstür hinter ihnen schloss und der Lift sie nach unten brachte. Damit war das Kaffeekränzchen zu Ende. Käthe schlurfte zurück ins Wohnzimmer. Der Anblick der geleerten Eierlikörflasche auf dem Tisch erheiterte sie.

Von Gläschen zu Gläschen hatten die Gespräche sie zurück in die Vergangenheit und weg von Pillen und Blutdruckwerten geführt. Erinnerungen aus ihrer Sturm- und Drangzeit hatten immer mehr die Unterhaltung bestimmt. Unter Gekicher und Augenzwinkern hatten die drei betagten Damen von der Blütezeit ihrer Jugend geschwärmt, von wohlgeformten Oberkörpern in engen Männerhemden und knackigen Hinterteilen in zu kurzen Anzughosen. Gott sei Dank: Sie waren ja unter sich gewesen.

Käthe unterdrückte ein leichtes Gähnen. Da sie sonst nie etwas trank, machte sie der Alkohol müde. Sie räumte das Kaffeegeschirr sowie die Gläser in die Küche und sortierte alles in den Geschirrspüler.

131

Wieder im Wohnzimmer, fand Käthe alles in gewohnter Ordnung. Sie überlegte. *Abendbrot? Nein, das werde ich heute ausfallen lassen. Nach Sachertorte und Eierlikör kann ich gut darauf verzichten.*

Käthe achtete mit ihren 72 Jahren noch immer auf ihre Figur und war auch sonst recht eitel. Sie färbte sich ihre kurzen grauen Haare regelmäßig dunkelbraun, benutzte noch Make-up und Wimperntusche. Und das, obwohl sie seit dem Tod ihres Ehemannes vor 22 Jahren allein lebte.

Die Witwe stand gerade vor der Anrichte aus edlem Mahagoniholz, auf der Fotos in unterschiedlichen Bilderrahmen um ihre Aufmerksamkeit buhlten. Käthes Blick verweilte auf einem Bild aus glücklichen Tagen. Kurt und sie lächelten dem Betrachter freudestrahlend entgegen.

»Ach Kurt«, seufzte sie. »Es hätte alles so schön sein können.« Mit diesem wehmütigen Gedanken an seine Liebe und Zärtlichkeit drängten sich plötzlich schlimme Bilder vom Grund ihrer Seele wieder in ihr Bewusstsein. Trotz des erfolgreichen Vergessens in den letzten Jahren sah sie die schreckliche Szene erneut vor sich, als wäre es gestern gewesen. Bei der Feier zu ihrem 50.Geburtstag hatte sich Kurt plötzlich an die Brust gegriffen.

Mit einem letzten Blick auf sie hatten seine Augen in Sekunden den Glanz des Lebens verloren. Der herbeigerufene Arzt hatte nur noch den Tod feststellen können. Heute hätte man ihn bei rechtzeitigem Eintreffen bestimmt gerettet.

Bestimmt! Käthe lächelte.

Kurt war ihre große Liebe gewesen. Er war stattlich, hatte schwarze, tief in die Stirn fallende Locken gehabt, und seine stahlblauen Augen hatten sie von Anfang an elektrisiert. Selbst als er schon silbergraue Schläfen bekommen hatte, war er ein ansehnliches Mannsbild geblieben. In ihr Gesicht hingegen hatten sich über die Jahre tiefe Leidenslinien gegraben. Das mochte an den vielen Frauen liegen, die Kurt umschwärmt hatten.

Doch sie hielt an allem fest, was sie mit ihm verband. Seine Hemden lagen auch heute noch frisch gestärkt im Schrank, und auch jedes gemeinsam erworbene Möbelstück pflegte sie hingebungsvoll. Ihr würde es im Traum nicht einfallen, etwas Neues zu kaufen oder die Wohnung zu wechseln.

Das Schwelgen in alten Erinnerungen verführte sie dazu, eine Schallplatte aufzulegen: *My Way* sang Frank Sinatra. Sie ließ sich in ihren Fernsehsessel niedersinken. Mit geschlossenen Augen lauschte sie der Melodie, bei der sie wie immer von einem melancholischen Gefühl ergriffen wurde. Die Worte *I did it my way* trugen sie in eine vergangene Zeit, als sie Entscheidungen treffen und einen neuen Anfang hatte finden müssen. Das Rauschen am Ende der Schallplatte, brachte Käthe aufgewühlt, aber zufrieden in die Gegenwart zurück. Sie ließ die schwarze Vinylscheibe auf dem Plattenteller liegen und ging ins Bad.

Nach einer kleinen Abendtoilette legte sie sich an diesem Oktoberabend zeitig ins Bett und zog die Decke bis unter die Nasenspitze.

Kurz darauf entfuhr Käthes Rachen ein immer kräftig werdender rasselnder Ton, hallte durch die Dunkelheit und schlängelte sich in alle Zimmer. Jeder Einbrecher hätte sich bei seinem Beutezug mit dieser Schnarchkulisse in Sicherheit gewogen.

Alles Leben schien im Schleier der Finsternis bis zum nächsten Morgen zu ruhen.

Alles? Nicht alles!

Obwohl Käthes Schnarchen bis zum Wohnzimmer vordrang, erwachte hier in diesem Augenblick ein ganz anderes *Leben*. Es entpuppte sich als geheimes Dasein, von dem der Mensch nichts ahnte, am wenigsten Käthe. Und doch waren es Käthes Sitzgelegenheiten, die alte Biedermeiercouch und der Fernsehsessel, die ihr geheimes Sein im Tageslicht verbargen und in der Dunkelheit erwachten.

Folgender Dialog erfüllte den Raum:

»Mein Gott, war dies ein Tag.« Die Federn des Sofas ächzten.

»Du hast gut reden, bei dir knacken die Federn nur, wenn Kaffeekränzchen oder anderer Besuch da ist«, sagte der Fernsehsessel.

»Du hast recht. Du musst Käthe ständig aushalten. Du bist ihr Lieblingsplatz.«

»Ja, und bei Gott, ihr Hintern ist in all den Jahren breiter und schwerer geworden«, seufzte das Polster.

»Stimmt«, gab das Biedermeiersofa zurück. »Trotzdem, ich halte nicht mehr lange durch. Zigmal schon angenäht, lösen sich meine Zierknöpfe erneut. Zudem geben meine Nähte an der Rückwand wieder nach. Ich werde eben alt. Nein, wir *sind* alt.«

»Ach was, die Farben sehen noch nicht verblichen aus. Und aus den Nähten platzt auch so manche Freundin von Käthe. Besonders Waltraut, die sich immer wieder in ihr uraltes Lieblingskleid presst. Zum Glück gibt *Präsent 20* nach.«

»Weißt du noch, wie Käthe voriges Jahr in groben harten Stichen und mit viel zu dickem Faden die aufgeplatzte Naht zusammengezogen hat? Von zierlichem feinem Nähen konnte da keine Rede sein.« Die Couch klang, als würde sie jeden Moment anfangen, zu weinen. »Zum Glück ist es hinten, da sieht es keiner.«

»Ach, Käthe war noch nie eine perfekte Hausfrau, und jetzt lässt ihre Sehkraft nach. Das darfst du nicht persönlich nehmen.«

»Trotzdem, ich habe Wochen gebraucht, bis die Wunden verheilt waren und die Fäden nachgegeben haben, damit die Naht geschmeidiger wurde.«

»Du tatest mir auch richtig leid«, sagte der Sessel.

»Ich will und kann nicht mehr.« Das Sofa seufzte. »Ich lass einfach die Nähte platzen. Dann gibt der Stoff nach, die Federn springen befreit in die Luft, und alles bricht zusammen. Meine ausgetrockneten Holzfüße haben sowieso schon tiefe Risse.«

»Ja, seit 1940 ist viel Zeit vergangen.« Der Sessel wirkte nachdenklich.

»Weißt du, ich dachte auf meinem Weg in den Holzschredder nehme ich noch jemanden mit«, sagte das Sofa.

»Wie meinst du das? Dir hat doch niemand etwas getan.«

»Ach ja? Mein Leben war nicht immer angenehm. Zum Beispiel bei Familienfeiern: Dicht aneinander gedrängt drückten alle ihre breiten Hinterteile in meine Federn und ließen ungeniert schlechte Luft entweichen.« Das Sofa machte eine kleine Pause, als horche es in die Dunkelheit und vergewisserte sich, dass sie allein waren. »Erinnerst du dich an die Zeit, in der es noch keine Staubsauger gab? Ständig wurden wir mit dem Ausklopfer aus harten Weidenruten geschlagen. Nur damit der Staub und die schlechte Luft entwichen.«

»Ach komm, es gab auch tolle Stunden«, sagte der Sessel. »Käthe und Kurt als Liebespaar, was hatten die für ein Temperament, wenn sie der Liebeshunger überfiel.«

»Stimmt. Aber da waren ja meine Federn noch exakt in Reihe und Höhe mit Hanf verschnürt. Da konnte ich das noch sehr gut aushalten. Heute dagegen…«. Das Sofa ließ die Federn quietschen.

»Sag mal, hast du eigentlich eine Erklärung, weshalb Käthe heute *My way* aufgelegt hat?«, wollte der Sessel wissen. »Das Lied habe ich seit Kurts Tod nicht mehr gehört.«

Das Sofa dachte zurück. »War schon merkwürdig damals, als alle aufsprangen, um Kurt zu helfen.«

»Gerade als dieses Lied lief, hatte Käthe sich tief in mein Polster gepresst und ihre Finger in meine Armlehne gekrallt. Schreien hätte ich können.« Die Erinnerung schien den Sessel heute noch zu schmerzen, denn seine Polsterhärchen richteten sich auf.

»Waltraut und Hertha haben fassungslos auf Kurt gestarrt. Ich konnte es genau sehen.« Das Sofa hatte seine Zierknopfaugen überall.

»Wenn ich heute so daran denke: War das eigentlich vor oder nach dem Kräuterlikör?«

»Na, jedenfalls war es Waltraut, die als erstes aufgestanden ist, sich den Rock glattgestrichen und den Arzt gerufen hat«, stellte das Sofa sachlich fest. »Denn ich war froh, dass meine Gurtbänder entlastet wurden.«

»Waltraut hat ihren Mann ja auch wenig später verloren«, sagte der Sessel.

»Ja, daran war aber eine Pilzvergiftung schuld. Man soll eben eine Pilzsuppe nicht noch einmal aufwärmen«, verkündete das Sofa die alte Binsenweisheit und fuhr fort: »Waltraut hat sich solche Vorwürfe gemacht, dass sie die Suppenreste nach dem Mittagessen nicht in die Toilette gegossen hat».

»Zum Glück waren wir nicht dabei, als dann auch noch Herthas Mann bei einem Autounfall verstarb«, gruselte sich der Sessel.

»Na, da war er aber auch selbst schuld. Als beide plötzlich von der Fahrbahn abkamen, hatte Hertha nur deshalb Glück, weil sie angeschnallt war.«

»Aber war sie es nicht, die zu schnell um die Kurve gefahren ist und dann den Baum *getroffen* hat?«, fragte der Sessel.

»Stimmt. Was für ein unglaubliches Schicksal. Alle drei Freundinnen haben ihre Männer fast zur gleichen Zeit verloren«, stellte das Biedermeiersofa fest.

»Jetzt wo du das so sagst, kommt mir das aber doch recht merkwürdig vor.«

»Du meinst...« Das Sofa wagte den Satz nicht zu vollenden.

»Genau. Von langer Trauerzeit haben wir hier bei den dreien nichts bemerkt. Heute hast du es wieder gehört, was den alten Damen wichtig ist. Das geht seit Jahren schon so.« Der Sessel klang empört. Doch dann senkte er die Stimme zu einem zärtlichen Flüstern. »Ich könnte mir das Zimmer hier ohne dich nicht vorstellen. Du machst immer noch eine gute Figur. Die Sitzfläche ist zwar etwas schlaff, aber dein toll gepolstertes Oberteil mit den betonten Steppnähten in der Rückfront sieht kein bisschen abgegriffen aus.«

»Danke für das Kompliment. Du würdest mir auch fehlen«, gab die Couch leise zurück. »Aber ich kann nicht mehr. Ich weiß nicht, wie lange ich noch durchhalte.«

Langsam verdrängte der anbrechende Morgen die schwarze Nacht. Der Sessel und die Couch blinzelten sich zu und sanken in den Tagesschlaf.

Es vergingen drei Wochen, und der November mit seinen nasskalten Tagen brach an. Er weckte die Sehnsucht nach warmen Holundertee im beheizten Wohnzimmer. Käthe füllte den Eierlikörvorrat auf und lud ihre Busenfreundinnen ein.

»Kommt herein«, begrüßte sie Waltraud und Hertha.

Nachdem die Mäntel am Haken in der Diele hingen, führte Käthe beide Freundinnen wie immer in die Stube und bat sie, am liebevoll gedeckten Kaffeetisch Platz zu nehmen. Hertha und Waltraut platzierten sich auf dem weinroten Biedermeiersofa.

Zu Kaffee und Bienenstich kredenzte Käthe diesmal nicht nur Eierlikör, sondern einen Whisky mit Zimt.

»Oh, das riecht aber lecker.« Waltraut prostete Käthe zu.

Hertha nickte und ergänzte: »Da muss ich nachher ein paar Einheiten Insulin nachspritzen.« Ihre kleinen Augen glänzten schon nach dem ersten Schluck wie bei einem jungen Mädchen.

Der Zimt überdeckte den für Whisky typischen herben Geschmack. Auch an den hohen Alkoholgehalt dachten die drei nicht. Die Gespräche wurden immer ausgelassener und zunehmend von ständigem Gelächter begleitet. Dabei schienen sich die Damen diesmal gegenseitig mit ihren pikanten Urlaubserlebnissen übertrumpfen zu wollen.

Der Nachmittag verging wie im Flug, und der Abend brach an.

Käthe befand, dass Waltraut und Hertha unbedingt zum Abendbrot bleiben müssten. So angeschnickert wie sie waren, könnten sie unmöglich nach Hause fahren. Die Freundinnen stimmten zu.

»Bevor ich ein paar Schnittchen mache, trinken wir noch einen«, ordnete Käthe unter Gekicher an. Sie musste sich beim Eingießen Mühe geben, um nichts von dem guten Tropfen zu verschütten.

Waltraut griff – auch schon etwas fahrig – nach dem Glas, kippte aber den Whisky wie ein Mann in einem Zug herunter.

Hertha, hochrot im Gesicht, leckte sich über die Lippen, als sie das Glas in kleinen Schlucken leerte.

Käthe schien noch am stabilsten. »So, dann mach ich mal ein paar belegte Brote fertig.« Sie stemmte sich aus dem Sessel, und ging leicht schwankend in die Küche, von wo kurz darauf das Geklapper der Teller und das Zuschlagen der Kühlschranktür zu hören waren.

Waltraut nutzte die Gelegenheit und tapelte unsicheren Schrittes zur Toilette.

Hertha hätte Käthe in der Küche helfen können, aber dazu fehlte ihr die Kraft. Ein paar Minuten *Mittagsschlaf* würden sie erfrischen. Müde schloss sie die Augen.

Fast zeitgleich kehrten Waltraud und Käthe in die Stube zurück. Sie lächelten sich zu, als sie Hertha schlummernd vorfanden. Sacht hob und senkte sich ihr Oberkörper. Die knöchrigen Hände hatte sie auf dem Bauch übereinander gefaltet.

»Pst.« Waltraut legte den Zeigefinger auf den Mund. »Lassen wir sie ein bisschen ruhen.«

Käthe nickte und stellte den Teller mit den belegten Broten und den Gürkchen auf den Tisch, und beherzt griffen beide zu, bis nur noch zwei halbe Schnitten übrig waren.

»Nimm dir noch eine, Waltraut«, sagte Käthe.

»Danke, aber ich bin satt. Ich gehe noch mal ins Bad. Dann wecken wir Hertha. Es ist heute sehr spät geworden.« Waltraut erhob sich vorsichtig.

»Ja, das stimmt. Aber es war sehr lustig.« Bei dem Gedanken an den leckeren Zimtwhisky verspürte Käthe schon wieder Appetit. *Noch ein Schluck zur Verdauung konnte nicht schaden.*

Sie goss sich erneut ein, bevor sie in die Küche ging, um ein Tablett zu holen.

Wieder in der Stube stellte sie die Flasche und die Gläser darauf, um es in die Küche zu bringen. Doch kaum hatte sie drei Schritte in Richtung Tür gemacht, wurde es ihr schwindlig. Plötzlich schwankte sie. Das Tablett fiel auf den Teppich. Käthe griff sich an den Kopf, als könne sie das Drehen anhalten. Mit der anderen Hand suchte sie Halt. Vor ihr stand der Sessel. Sie musste ihn erreichen, sie durfte nicht stürzen.

Käthe tat einen großen Schritt, drehte sich und ließ sich mit letzter Kraft in den Sessel fallen. Der jedoch kippte nach hinten. Hilflos ruderte sie in der Luft, den Sturz aber konnte sie nicht aufhalten. Ihr Hinterkopf krachte an die Anrichte, und mit einem dumpfen Knacken brach ihr Genick.

Im Bad rauschte die Toilettenspülung, dann kehrte Waltraut nichtsahnend ins Wohnzimmer zurück. Ihr bot sich ein grausiger Anblick.

Käthe saß in dem nach hinten gekipptem Sessel. Sie blickte mit weit geöffnetem Mund starr zur Decke. Das Entsetzen und der Schreck lagen noch auf ihrem Gesicht, als sei der Tag des Jüngsten Gerichtes angebrochen. Dabei ragten ihre Beine schräg in die Luft.

Waltraut sah zu Hertha herüber. Die schlief noch immer mit einem Lächeln auf dem Gesicht. Nach Fassung ringend wollte sie Hertha wecken, doch die Beine versagten ihr den Dienst. An der linken Körperseite verspürte sie ein Kribbeln.

Dazu kam ein stechender Schmerz. Die Bilder verdreifachten sich und verschwammen schließlich in einem stärker werdenden Nebel. Waltraud fiel um, und ihr Herz hörte auf zu schlagen.

Stille.

Obwohl Hertha noch atmete, machte die Couch eine Ausnahme und rief nach dem Sessel: »Wie geht es dir?«

»Sehr, sehr schlecht.«

»Meine Rückenlehne wird auch nicht mehr lange halten. Ich bin am Ende. Adieu, Geliebter«, hauchte die Biedermeiercouch.

Mit einem Krachen brach die Lehne des Sessels entzwei.

Einen Tag später stand folgende Meldung in der Zeitung:

*Drei mysteriöse Todesfälle beschäftigten in den letzten Tagen die Polizei. Was war passiert?*

*Als sich die Hausbewohner über einen stechenden Geruch in ihrem Haus beschwerten, der aus der Wohnung im ersten Stock zu kommen schien, brach die Polizei im Beisein des Hausmeisters die Wohnung auf. Was sie vorfanden, konnten die Polizisten nicht einordnen.*

Auf einer Pressekonferenz erklärte Kommissar Frost den anwesenden Journalisten, dass der Tod dreier Rentnerinnen wahrscheinlich die Verkettung unglücklicher Zufälle gewesen sei. Frau K. sei mit dem Sessel umgekippt und habe sich dabei das Genick gebrochen. Frau W. habe bei diesem Anblick einen Herzinfarkt erlitten. Die dritte Rentnerin musste in ein Zuckerkoma gefallen sein, denn ihr Blutzuckerspiegel sei nach ersten Untersuchungen sehr hoch gewesen. Kommissar Frost bemerkte zudem, dass die Polizei vorerst ein Gewaltverbrechen ausschloss. Ein merkwürdiger Umstand sei, so befand Kommissar Frost gegenüber den Reportern der Leipziger Volkszeitung und anderen Lokalblättern, dass auch das Sofa in sich *zusammen*gebrochen sei. Und das, obwohl Frau H., die im Zuckerkoma darauf gesessen hatte, sich kaum bewegt haben konnte.

Zwischen aufgeplatzten Nähten, Federn und weggebrochenen Holzbeinen war sie offensichtlich ihrem Ende entgegen geschlummert.

Kommissar Frost wies in dem Zusammenhang darauf hin, dass womöglich der zu hohe Alkoholkonsum des Kaffeekränzchens als Auslöser der unglücklichen Umstände fungiert haben könnte.

Abschließend konstatierte er, dass es merkwürdig sei, dass alle drei Frauen zu selben Zeit den Tod gefunden hatten, denn fast gleichzeitig hätten die Damen auch vor Jahren durch Schicksalsschläge ihre Männer verloren.

Nie wieder wird Frank Sinatras »My Way« in den Räumen von Käthe erklingen, denn ihrer war zu Ende.

## Kaltes Lager

»Willst du noch einen Kaffee?«, Laura hatte nicht bemerkt, dass ihr Mann im Rollstuhl neben ihr eingeschlafen war. Behutsam nahm sie ihm die herunter gerutschte Brille ab und legte sie neben die Zeitung. »Ach Reiner «, seufzte sie leise und Tränen stiegen in ihr auf, als sie in sein von Sorgen und Schmerzen gezeichnetes Gesicht sah, auf dem im Schlaf ein leichtes Lächeln zu liegen schien. Vielleicht träumte er sich in ihre gemeinsamen glücklicheren Zeiten zurück. Immer öfter versank er in einer anderen Welt und kehrte nur für kurze Zeit zu ihr zurück. Doch in diesen lichten Minuten war Laura glücklich. Sie genossen die herrliche Aussicht, die ihr großer Balkon bot. Sie beobachteten die Saale, die sich unten im Tal wie ein blaues Band an dem Muschelkalkfelsen vorbeiwand, auf dem sich die Dornburger vor langer Zeit nieder - gelassen hatten.

Sie lachten und scherzten zusammen, hielten sich bei den Händen, wie ein wieder gefundenes Liebespaar. Leider immer seltener. Ständig länger hielt die Alzheimer Krankheit Reiner gefangen. Seit ihr Hausarzt, Dr. Köster, Reiner auch noch jede Anstrengung aufgrund des schwachen Herzens verboten hatte, spielte sich das halbe, ja fast das ganze Leben auf der Balkonveranda ihres Häuschens ab. Ein Vordach schützte sie vor Wind und Regen, wenn sie frühstückten, Mittag aßen oder bei Kaffee den Nachmittag verbrachten. Selbst wenn er nicht bei ihr war, und er scheinbar völlig in sich gekehrt dasaß, schob sie ihn in seinem Rollstuhl auf den Balkon hinaus, immer in der Hoffnung auf seine geistige Rückkehr.

Wer die Max-Krehan- Straße herauf kam und kurz vor dem Eingang zu den Schlossgärten nach rechts oben blickte, konnte die beiden durch Blumen- und Weinranken erkennen.


Die Bäume legten allmählich ihr buntes Kleid an. Die Abende wurden merklich kühler. Laura fröstelte es.

»Ist dir etwas kühl?« Es war mehr eine Feststellung als eine Frage. Sie erwartete keine Antwort. Seit Wochen sprach Reiner nicht mehr mit ihr. Klaglos nahm sie hin, dass sie ihn waschen, anziehen und füttern musste. Aber diese Stille zermürbte sie. Sie holte eine Decke und hüllte ihn ein. Es klingelte. Dr. Köster wollte nach der Sprechstunde zum Hausbesuch kommen. Sie eilte die Treppe hinunter.

»Schön, dass Sie kommen konnten«, begrüßte sie ihn am Gartentor und führte ihn in die Küche.

»Wie geht es ihrem Mann?« Der Arzt setzte sich an den Holztisch und packte seinen Laptop aus. Als der Speicherstick in der USB-Buchse steckte, rief er die Patientenakte von Reiner auf.

Unbeholfen klemmte Laura ihre in die Stirn gefallene schwarze Haarsträhne hinters Ohr. Sie zuckte nur mit den Schultern und blickte auf den Fliesenboden.

Dr. Köster sah sie an: »Ich müsste fragen: Wie geht es Ihnen? Sie gefallen mir gar nicht. Wenn Sie so weitermachen, brechen Sie noch zusammen und helfen damit Ihrem Mann keineswegs. Eine Pflegekraft könnte Ihnen vieles abnehmen. Was halten Sie davon?«

Laura putzte sich die Nase. Sie wusste, er hatte Recht. »Ich überlege es mir«, sagte sie, während Dr. Köster das Rezept für die Tabletten schrieb.

»Sagen Sie, ist es wirklich so, dass er mich überhaupt nicht mehr erkennt?« Laura blickte den Arzt fragend an.

»Es tut mir Leid für Sie. In dem letzten Stadium der Krankheit ist das so.«

Laura richtete sich auf und steckte ihr Taschentuch ein. »Das ist ja wie lebendig begraben zu sein«, sagte sie mit einer merkwürdig ruhigen Stimme.

Der Arzt sah sie verwundert an. »Gehen wir hinauf. Ich möchte seinen Blutdruck messen«, lenkte er das Gespräch in eine andere Richtung. Laura ging voran. Der Arzt folgte ihr.

Reiners leerer Blick änderte sich nicht, während Dr. Köster seinen Blutdruck maß. Wie immer war er zu hoch.

»Beinahe hätte ich es vergessen.« Er packte seine Utensilien in die Tasche »Ich arbeite nur noch einen Monat hier. Dann wandere ich mit meiner Familie nach Neuseeland aus. Ich freue mich sehr auf einen geregelten Dienst, weniger Stress und gute Bezahlung in einem Krankenhaus. Vor allem habe ich dann mehr Zeit für meine beiden Töchter.« Er streckte der verdutzten Laura die Hand zum Abschied entgegen. »Überlegen Sie sich meinen Vorschlag. Denken Sie auch mal an sich!«

Laura versprach es, während er fest ihre Hand schüttelte.

Die warmen Sonnenstrahlen dieses Oktobernachmittags begleiteten zwei alte Damen auf ihrem

Weg zum Restaurant „Schlossberg". Die siebzig-
jährige Margret hakte sich bei der etwas jüngeren
Gerda unter. Das alte Kopfsteinpflaster machte
den Zweien immer etwas zu schaffen, wenn sie bei
ihrem Nachmittagsspaziergang diesen Weg nahmen.

»Komm wir sehen mal, was der Ullrich wieder
Schönes getöpfert hat.« Gerda zog Margret an die
Schaufenster der Keramikwerkstatt.

»Ich habe erst letztens so eine schöne kleine
Eule gekauft.« Margrets Rente ließ keine großen
Sprünge zu. »Nein, heute nicht. Ich werde sonst
noch schwach.«, lächelte sie. Gerda ließ sich bereit-
willig weiterziehen.

Das alte Eisentor zu den Schlossgärten stand
weit offen. Bevor sie durch den Park gingen,
schauten sie zu Lauras Haus.

»Du, ich habe den Reiner lange nicht gesehen?«
Margret schraubte ihren dünnen faltigen Hals aus
dem Blusenkragen, als könnte sie so in den Balkon
blicken.

»Ja, jetzt, wo du es sagst, fällt es mir auch auf.«
Gerda kniff die Augen zusammen und sah durch
ihre dicken Brillengläser, die man gut für ange-
schliffene Flaschenböden hätte halten können.
»Die hat es nicht leicht«, brabbelte Gerda.

Margret nickte zustimmend. Endlich waren sie an dem Freisitz der Gaststätte angelangt. Schade, ihr Lieblingsplatz war an diesem Sonntag besetzt, also nahmen sie neben dem blumengeschmückten Eingang Platz. Der bestrickende Ausblick lockte viele Ausflügler hierher. Plötzlich riss Margret die Arme hoch und wedelte aufgeregt mit den Händen.

»Hier sitzen wir! Hier!«

»Wer kommt denn jetzt?«, fragte Gerda.

»Es ist Sylvia«, rief Margret erfreut. Sylvia Haas war die Chefin des kleinen Lebensmittelgeschäftes in Dornburg. Über diesen Laden verbreiteten sich Neuigkeiten schneller, als die Zeitung sie drucken konnte.

»Du musst nicht so schreien«, empörte sich Gerda. »Ich sehe nur schlecht.«

Sylvia, eine attraktive Mittvierzigerin setzte sich zu den beiden Damen, die zu ihren treusten Kundinnen zählten. Sie waren, was den neuesten Tratsch betraf, immer auf dem Laufenden.

»Ab nächsten Monat können Sie bei mir auch Briefmarken bekommen und Pakete aufgeben«, sagte sie lächelnd.

»Schön, dass wir wieder eine Post hier haben.« Gerda nickte anerkennend.

»Das heißt jetzt Postshop«, erklärte Sylvia und hielt nach der Kellnerin Ausschau. Gerda runzelte die Stirn. Briefe, Marken und Pakete, das war für sie eine Post. Aber heutzutage war eben alles anders.

Als Sylvia ihnen Kaffee und Apfelkuchen spendierte, glänzten die Augen der Rentnerinnen. Nie würden sie wo anders einkaufen als bei ihr.

»Ich habe den Reiner lange nicht mehr gesehen«, sagte Margret, während sie die letzten Kuchenkrümel vom Teller kratzte.

»Wie lange denn nicht?«

»Ich weiß es nicht. Ich glaube, ich habe auch schon Alzheimer.« Margret blickte traurig. Doch der Blick galt eher dem geleerten Kuchenteller als dem Kranken.

»Ich werde Laura einfach fragen, wie es Reiner geht, wenn sie das nächste Mal bei mir im Laden einkauft«, sagte Sylvia.

An diesem Novembermorgen wachte Laura früher auf als sonst. Noch schlaftrunken fuhr sie in die Pantoffeln und schlüpfte in den dicken Frotteebademantel. Sie trat auf den Balkon, denn sie liebte morgens als erstes diesen frischen Hauch. Die Bäume hatten ihr buntes Kleid beim Herbsttanz verloren und wie zertanzte Ballettschuhe blieben die Blätter der Kastanien, Eichen und Buchen am Boden liegen. Es war das erste Mal seit Wochen, dass sie sich nicht matt und zerschlagen fühlte. Sie erinnerte sich noch genau daran, wie ihr Reiner immer von Dornburg vorschwärmte, als sie ihn auf der Leipziger Messe kennen lernte. Sie aus Nürnberg, überwachte für ihren Chef den Aufbau des Spielzeugwarenstandes. Laura. lächelte vor sich hin. Es war Liebe auf den ersten Blick, als sie ihm eine Cola anbot. Er lud sie daraufhin auf ein Glas Wein ein. Während er am Abend von seinem Dornburg sprach, glänzten seine Augen.

»Du würdest dich wie eine Prinzessin fühlen. Ich blicke auf drei Schlösser und einen Schlossgarten von meinem Balkon«, sagte er.

Zwei Jahre lang trafen sie sich immer zur Frühjahrs- und Herbstmesse. Doch sie wollten mehr. Wie sollte das gehen? Sie aus dem Westen, er aus dem Osten. Es hätte Jahre dauern können, bis sie Reiner ausreisen ließen. Sie wollte nicht warten. Das stand für sie fest. Es ahnte ja damals niemand, dass vier Jahre später die Grenzen fallen würden. So zog sie zu ihm nach Dornburg. Welchen Wirbel sie damit verursacht hatte, wurde ihr erst nach und nach bewusst. Sie hatte es in all den Jahren nie bereut, obwohl es ihr einige Dornburger nicht leicht gemacht hatten, sich schnell einzuleben. Reiner stand immer auf ihrer Seite und trug sie auf Händen. Sie hatte sich wirklich wie eine Prinzessin gefühlt.

Laura holte tief Luft bei diesen Erinnerungen. Hier war sie so glücklich gewesen. Sollte sie jetzt Reiner hergeben? Sie konnte sich nicht von ihm trennen. Sie würde ihn behalten, solange es nur ging. Sie nahm sich jedoch vor, nicht im Ort zum Friseur zu gehen und nicht mehr bei Sylvia einzukaufen. Gerade die nervte immer mit ihren Fragen nach Reiner. Ab sofort drehte sie den Schlüssel zweimal um, auch wenn sie zu Hause war.

Einen Tag vor Weihnachten ergab es sich, dass Laura doch wieder Sylvias Laden betreten musste. Sie hatte Beifuß für die Weihnachtsente vergessen. Laura registrierte sofort, dass sie außerordentlich freundlich von Sylvia bedient wurde. Keine Frage, sicherlich brauchte sie auch jeden Euro Umsatz. Laura war sich bewusst, dass es ihr schon längst hinterbracht worden war, dass sie mit ihrem blauen Corsa nach Jena zum Einkaufen fuhr. Bestimmt hatten sich auch gewisse Damen das Maul darüber zerrissen, ob da nicht noch etwas anderes dahintersteckt. Nur gut, dass sie in den letzten

Monaten jeglichen Kontakt zu Nachbarn und Bekannten abgebrochen hatte.

»Brauchst du noch etwas, Laura?" Sylvia hatte das kleine Kräuterbündel aus dem Gemüseregal genommen.

»Nein.« Laura zog die Börse heraus. Sie hatte keine Lust auf ein Gespräch.

»Willst du noch kleine rote und weiße Kohlköpfe mitnehmen? Oder machst du gar kein Fuschenkraut mehr? Dieses traditionelle Gericht hatte doch Reiner immer so gerne gegessen.« Sylvia konnte es offenbar nicht lassen, sich in ihre Angelegenheiten einzumischen.

»Es gibt nicht nur bei dir die kleinen Kohlköpfe. Natürlich mache ich noch Fuschenkraut.« In Lauras Augenwinkeln blitzte es. Doch dann änderte Laura ihren harten Ton. Sie verlangte Kaffee und eine gute Flasche Rotwein. Sylvia lächelte zuvorkommend. Wahrscheinlich machte sie sich Hoffnungen, dass Laura doch wieder öfters bei ihr einkaufen würde, denn sie brauchte wirklich jeden Kunden aus Dornburg. „Achtzehn Euro vierzig, bitte.«

»Ich habe genug Fuschenkraut angesetzt, dass es bis Februar, März reicht", sagte Laura und bezahlte.

»Wieso bis Februar, März?«

»Ich gebe meinem Reiner in das neu städtische Pflegeheim, das bei Jena um diese Zeit fertig gebaut sein wird. Ich schaffe das alles nicht mehr allein.« Laura senkte den Blick.

»Das sieht man dir aber gar nicht an. Du wirkst erholt und zufrieden.«

Laura hörte diesen schmeichelnden aber hinterlistigen Unterton heraus. Sie überlegte kurz. Bevor sie den Laden jedoch verließ, drehte sie sich noch einmal um. »Wenn es dann soweit ist, gebe ich einen Abschied. Da kann jeder, der möchte, Reiner `Auf Wiedersehen` sagen. Kann ich dann einen Zettel hier aushängen?«

»Ja, ja natürlich«, beeilte sich Sylvia zu sagen und wünschte frohe Weihnachten.

Laura griente in sich hinein. Mit dieser Ankündigung, gewann sie gute zwei Monate.

So verging der Januar. Anfang Februar machte auch der letzte Schwibbogen wieder den Orchideen auf den Fensterbrettern Platz.

Dieser Februarmorgen begann wie so viele Tage. Eisig kalt.

Gegen Mittag ging Laura zu Sylvias Laden. Gerade als sie um die Ecke biegen wollte, hörte sie

Stimmen und blieb stehen. Es war Margret, die wie gewöhnlich laut mit Gerda sprach, obwohl diese nicht taub war.

»Und ich bleibe dabei, da stimmt etwas nicht. Wenn bis diesen Samstag der Zettel nicht aushängt, dann rufe ich die Polizei.« Margrets Stimme klang entschlossen.

»Ach was. Nur weil du Reiner ein gutes halbes Jahr nicht gesehen hast, denkst du sonst etwas. Wie peinlich, wenn sich alles als harmlos herausstellt. Dann hast du dich vor allen lächerlich gemacht.«

»Das ist mir egal. Immer wieder sieht man im Fernsehen, dass Kinder von nebenan verhungern oder alte Leute wochenlang tot in ihren Wohnungen liegen und keiner will etwas gemerkt haben. Mein Entschluss steht fest. Samstag!«

Laura eilte sofort nach Hause. Jetzt musste schnellstens eine Lösung her. Sie hatte verdrängt, dass dieser Augenblick kommen würde.

Als sie die Tür des riesigen Gefrierschrankes im Keller öffnete, kauerte Reiner, unverändert seitlich in der Hockstellung. Laura holte den Rollstuhl und stellte ihn so vor den Gefrierschrank, dass sie Reiner nur noch rüberschieben musste. Ihr Puls raste, als sie Reiner von hinten unter die

Arme griff und ihn in den Rollstuhl setzte. Sie hatte es sich einfacher vorgestellt, als es in Wirklichkeit war, aber nach langem Zerren und Ziehen, gelang es ihr, ihn in die richtige Position zu bringen, so dass sie ihn im Rollstuhl schieben konnte. Sie bugsierte die herausgenommenen Fächer wieder in den Gefrierschrank und packte Lebensmittel aus dem Kühlschrank hinein. Gerade als sie den Gefrierschrank wieder schloss, klingelte es an der Tür. Wie zur Salzsäule erstarrt, horchte sie angestrengt. Mein Gott, wer sollte das sein? Hatte es sich Margret anders überlegt, und wartete nicht bis Samstag? Stand gar schon die Polizei vor der Tür? Laura schnürte es die Kehle zu. Nach angsterfüllten Minuten schlich sie nach oben. Sie sah niemand. Gott sei Dank. Sie ging wieder hinunter in den Keller. Erschöpft setzte sie sich in einem Liegestuhl neben Reiner. Es waren ihre letzten gemeinsamen Stunden. Traurig, konnte sie die ganze Zeit nichts essen, trank nur Kaffee und hoffte innigst, dass es nicht schneien möge. Das bange Warten schien kein Ende zu nehmen. Doch endlich brach die Nacht an.

Am nächsten Morgen rief sie die Polizei an. Ihr Mann sei verschwunden, erklärte sie unter Tränen. Sie habe nicht bemerkt, wie ihr an Alzheimer leidender Mann in der Nacht aufgestanden sei. Sie habe ein Schlafmittel genommen, weil sie nicht einschlafen konnte. Der Polizist beruhigte sie. Ein Einsatzkommando suchte die Gegend ab. Am späten Nachmittag wurde er zwischen den Weinreben am Hang gefunden. Laura weinte bitterlich.

Der Kommissar sagte, es sei eindeutig ein Unfall gewesen. Ihr Mann musste in der Dunkelheit durch den Wald geirrt sein, orientierungslos sich über die kleine Abgrenzungsmauer gelehnt und dabei das Gleichgewicht verloren haben. In der eisigen Februarnacht war er dann erfroren. Andere Anhaltspunkte gab es nicht.

Laura fühlte sich an diesem Abend von einer schweren Last befreit. Sie goss sich ein Glas Rotwein ein und zündete eine Kerze an. Dann holte sie die kleine Kassette hervor, die sie im Schubfach aufbewahrte. Ihre Hände zitterten, als sie das Formular herausnahm. Es war der Totenschein. Reiner war am dreißigsten September letzten Jahres verstorben. Sie dachte damals, er sei im Sessel eingeschlafen. Doch als sie zu Bett gehen wollte, merkte sie, dass er tot war. Aufgelöst hatte sie Dr. Köster angerufen, doch er sagte, er könne nicht vorbeikommen, weil er auf gepackten Koffern säße. In der Frühe würde ein Taxi ihn und die

Familie zum Flughafen zur Abreise nach Neuseeland abholen. Laura bettelte weinend und er gab nach. Laura war froh, dass er ihr in dieser Situation keinen unbekannten Kollegen zumutete. Dass der Arzt dann in der Eile den Totenschein ohne Datum liegen gelassen hatte, bemerkte sie erst am nächsten Morgen. Da saß sie nun mit den ganzen Durchschlägen des Totenscheines in der Hand, die einzeln zu den Behörden hätten geschickt werden müssen. Langsam dämmerte ihr, dass, wenn sie die Scheine nicht absenden würde, Reiner offiziell auch nicht tot war. So konnte sie ihn noch eine Weile behalten. Nur gut, dass ihr die Idee mit dem Gefrierschrank im Keller gekommen war.

Laura nahm wieder einen kräftigen Schluck von dem Roten. Ihr Blick fiel auf den Kalender. Vorigen Monat war sie fünfundvierzig geworden. Jetzt hatte sie auch Anspruch auf die große Witwenrente, denn sie hatte kein weiteres Einkommen. Diese Formulare würde sie morgen ausfüllen und absenden.

Sie hatte sich die letzten Jahre für Reiner verausgabt, so gab er ihr nach seinem Tod eine Menge zurück. Sie blickte nach oben und lächelte, manchmal war das Leben eben doch gerecht.

## Windstärke sechs

Der Wecker schrillte und holte Elena erbarmungslos aus dem Tiefschlaf. Wie von der Tarantel gestochen saß sie aufrecht im Bett und blinzelte benommen. Hatte sie nur schlecht geträumt? Pflichtbewusst, aber schlapp und von Kopfschmerzen geplagt wie nach einer durchzechten Nacht, tappte sie ins Bad. Erst eine eiskalte Dusche brachte sie langsam wieder in die Spur.

Ausgerechnet heute. Ihre Schüler der 2a freuten sich auf die geplante Klassenfahrt. Ein Bus sollte sie am frühen Vormittag zu der alten Lottmannschen Mühle in Mindenaundorf bei Frankenheim bringen.

Voller Vorfreude hatten alle Jungen und Mädchen in den letzten Tagen trockenes Brot gesammelt, welches sie an die Tiere im angrenzenden Streichelzoo verfüttern wollten.

Mit zusammengekniffenen Augen schaute Elena aus dem Fenster. Selbst die Sonnenstrahlen konnten keine bessere Stimmung aus ihr herauskitzeln. Ihr Bauchgefühl wehrte sich gegen diesen Tag, wehrte sich gegen diesen Ausflug.

Wenn sie heute schon gewusst hätte, was sie Tage später in der Zeitung lesen würde, hätte sie ihrem Gefühl nachgegeben und den Wandertag abgesagt.

Abends. Endlich konnte Clara, die Müllerin, ihre kleine Museumsmühle schließen. Zwei Schulklassen hatte sie heute in der Mühle und auf dem Gelände betreut. Das erforderte Claras ganze Aufmerksamkeit.

Seit Generationen lebte die Familie von der Mühle in diesem Dorf in der Nähe von Leipzig. Bis zum Tod ihres Großvaters hatte Clara mit ihm gemeinsam das Fachwerkhaus nebenan bewohnt. Gab es früher nicht mehr viel zu mahlen, zog er die Furchen im Kartoffelbeet nach oder verzog die Möhren. Nur von ihrem selbst angebauten Gemüse konnten beide nicht leben. Bis Clara später selbst Geld als OP-Schwester mit nach Hause brachte, verdiente ihr Großvater hauptsächlich den Lebensunterhalt, indem er Tiere präparierte. Für Museen und den Biologieunterricht stopfte er Vögel, Füchse, Schlangen und anderes Getier aus. Großstädter kamen zu ihm, die es schick fanden, ihren verstorbenen Wellensittich ins Bücherregal zu stellen. So manches Geweih, welches er vorge-

164

richtet hatte, schmückte die Wand in einer Gaststube oder im Jägerverein.

Schon als Kind hatte sie ihm in der Kellerwerkstatt geholfen und konnte bald einem Fuchs das Fell über die Ohren ziehen oder eine Eule auf ein Gestell kleben.

Als es sich immer weniger lohnte, in der alten Bockwindmühle Mehl zu mahlen, wurde sie zum Museum umfunktioniert. Der Streichelzoo war damals Claras Idee gewesen, und so hatte der Großvater Ziegen, Kaninchen, ein paar Enten, Gänse, einen kleinen Esel und zwei Schweine gekauft.

Nach dem Tod des Großvaters wollte Clara die Mühle nicht aufgeben. Nur ungern bewilligte ihr der Leiter des nahegelegenen Krankenhauses eine verkürzte Arbeitswoche von Montag bis Donnerstag. Denn auf die ausgezeichnete OP-Schwester konnte er nicht verzichten.

Clara war sehr glücklich, die Mühle freitags und samstags öffnen zu können.

Kindern zeigte sie besonders gern, wie das Korn zu feinem Mehl gemahlen wurde. Staunend und mit offenen Mündern beobachteten nicht nur die Kinder, wie Clara die Mühle über einen einzigen

Balken, wie von Geisterhand bewegt, in den Wind drehte. Dann schob sich der Läuferstein knirschend über den Bodenstein und mahlte selbst Spelzen nach mehreren Mahlvorgängen zu feinem Mehl. Fiel der Wind aus, trieb ein Motor die Mühle an.

Nach der Vorführung gab es in der Müllerstube Kakao und Claras hoch geschätzte, selbst gebackene Quarkkeulchen. »Natürlich aus selbst gemahlenem Mehl«, wie sie lachend behauptete, wenn sie den Teller mit den warmen und herrlich duftenden Teilchen auf den Holztisch stellte.

Nie blieb ein Quarkkeulchen übrig. Deshalb reservierte sie sich heute zwei Stück und ließ diese vorsorglich im Kühlschrank. Nach erledigter Arbeit wollte sie diese bei Kerzenschein und einem Glas trockenem Rotwein verspeisen.

Jetzt kontrollierte sie zum Abschluss das Gehege der Enten und fischte aus dem kleinen Teich Kaugummipapier heraus. Ihr letzter Blick galt den Schweinen. Besonders die Mädchen kreischten vor Freude, wenn diese grunzend mit ihren fleckigen Ohren wackelten oder sich im Schlamm wälzten. Nur heute lagen sie den ganzen Tag satt und träge in der Sonne. Beim Anblick der leeren

Futtertröge lächelte Clara erleichtert und ging ins Haus.

Endlich Feierabend. Müde war sie. Die letzten Nächte mit wenig Schlaf setzten ihr zu. Doch es half alles nichts. Einige Handgriffe mussten unbedingt erledigt werden. Und so stieg sie die steile Kellertreppe hinab.

Clara zuckte zusammen. Schrill tönte die Klingel durch das alte Gemäuer. Hatte es oben an der Tür geklingelt? Im Haus brannte Licht. Wer zu ihr wollte, wusste, sie war da. Ihre Hände begannen zu zittern, während ihre Augen den sauberen Tisch und den leeren Kessel ein letztes Mal inspizierten. »Es ist alles in Ordnung«, flüsterte Clara zu ihrer eigenen Beruhigung und atmete einige Male ganz tief durch.

Für ein paar Sekunden horchte sie angestrengt und hoffend nach oben, während die Klinke der Kellertür wie ein eiskalter Fisch in ihrer Hand lag. Vergeblich. Es läutete abermals. Wer konnte das sein?

»Ach, du bist es?«, Claras Tonfall machte keinen Hehl daraus, dass ihr der Besuch ungelegen kam.

Doris, Claras beste Freundin und Arbeitskollegin stand in der Tür.

»Ich dachte, ich sehe mal nach dir.« Doris klang besorgt, als sie weitersprach: »Du bist ganz außer Atem. Geht es dir wirklich gut? Schon auf Arbeit hast du unkonzentriert gewirkt.

»Ach du weißt doch. Im Moment…« Clara vollendete den Satz nicht.

Die Freundin antwortete besserwissend: »So mache doch Urlaub, wenn du an der Trennung mit Michael so schwer zu tragen hast.« Dabei trat Doris von einem Bein aufs andere. Neugierig huschten ihre Blicke über die Garderobe und das kleine Schuhregal im Flur.

Clara pflichtete der Freundin bei.

»Du hast recht. Ich werde es mir überlegen.« Sie stand in der Tür und machte keine Anstalten, die Freundin hereinzubitten. »Verbring doch den Abend lieber in amüsanter Gesellschaft«, schlug Clara vor, aber sie merkte, dass die Freundin sich nicht abschütteln lassen würde.

»Ach, ich habe Zeit. Wir haben ja so lange nicht mehr zusammen geschwatzt.« Doris schien entschlossen zu bleiben, denn ihre Antwort klang wie ein Vorwurf. Ein ungünstiger Augenblick für einen Plausch. Oder hatte Doris ein Problem? Sie war ihre Freundin, und so lud Clara sie gezwungenermaßen ein: »Na dann komm. Wir trinken einen Kaffee im Wintergarten.«

Doris nickte mit einem unsicheren Lächeln und stakste umherblickend ins Wohnzimmer.

Was sucht sie?, fragte sich Clara. Und wusste doch gleich die Antwort.

Die Kaffeemaschine tuckerte. Doris holte die Tassen aus dem Schrank, während Clara den Kühlschrank öffnete, um die Kaffeesahne herauszunehmen. Sie blickte auf die Quarkkeulchen. Eigentlich wollte sie diese selbst verspeisen. Ein verkniffenes Lächeln huschte über ihr gebräuntes Gesicht.

»Willst du Quarkkeulchen essen?«, bot sie der Freundin an.

»Deine Quarkkeulchen sind die besten, die es weit und breit gibt. Da kann ich nicht Nein sagen.«

Jetzt würde es natürlich etwas länger dauern, bis Clara wieder in den Keller konnte. Egal, die Quarkkeulchen war sie los.

Mit einem »Köstlich!« riss Doris sie aus ihren Gedanken. Clara sah, wie ein Stück nach dem anderen im Mund ihrer Freundin verschwand.

»Du siehst blass aus«, bemerkte Doris und versuchte das Gespräch in eine bestimmte Richtung zu lenken.

»Ich habe die letzten Nächte nur sehr wenig geschlafen.« Clara schlürfte zaghaft den heißen Kaffee.

»Du könntest deine ganzen Überstunden nehmen«, empfahl Doris kauend.

»Vielleicht.« Clara zuckte mit den Schultern.

»Wenn du ihn nicht mehr siehst, wird es dir leichter fallen, ihn zu vergessen.« Damit brachte Doris das Gespräch erneut auf Michael.

Es war allgemein bekannt, dass Michael mit seiner neuen Liebe in den nächsten Tagen nach Brasilien auswandern würde. Auf zu neuen Ufern am Zuckerhut. Da würde es kein zufälliges Wiedersehen gegeben.

»Wie soll es mir leichter fallen, ihn zu vergessen? Doris, denk daran, ich habe ihn geliebt«, erwiderte Clara gereizt.

»Ihr habt eben nicht richtig zusammengepasst», stellte Doris fest, als wäre sie die Super-Nanny.

Clara verzog leicht säuerlich das Gesicht. Sie fand die Antwort unverschämt.»Wie kommst du eigentlich darauf?«

»Du arbeitest zwar vier Tage pro Woche auf der Station als OP-Schwester. Aber dann?« Doris machte eine Geste, die das ganze Haus einschloss. »Wie soll sich ein Stationsarzt wie Michael in diener Mühle zwischen all den Ziegen, Schafen und Schweinen wohlfühlen? Wo liegen denn da die gemeinsamen Interessen?«

Clara schluckte. Wie vom rechten Haken eines Boxers getroffen, saß sie steif in ihrem Lieblingssessel. »Du meinst, der Arzt und der Bauerntrampel hatten von Anfang an keine Chance?«

»Nein, nein, so meinte ich das nicht«, lenkte Doris ein.

»Ach, und wie meintest du es dann?«

Doris überlegte einen Moment, ehe sie antwortete. »Clara, du solltest an die negativen Aspekte eurer Beziehung denken«, fuhr sie mit mütterlichem Unterton fort.

»Wie soll ich mir unsere Beziehung schlechtreden?« Clara stutzte. Ein merkwürdiges Gefühl stieg in ihr auf. Nun wollte sie Doris nicht mehr so schnell wie möglich loswerden, sondern mehr erfahren! Sie goss ihr Kaffee nach.

»Suche die Gründe für das Scheitern eurer Beziehung nicht bei dir, sondern bei Michael. Dann kannst du leichter loslassen.« Doris' Worte klangen gut gemeint.

Aber waren es nicht beinahe dieselben Worte, die Michael ihr vor vier Tagen gesagt hatte, als er seine letzten Sachen abholen und sich endgültig von ihr verabschieden wollte? Die Gründe lägen bei ihm, hatte er sie zu trösten versucht.

»Ach Doris, du hast ja keine Ahnung.« Clara bemühte sich, ruhig zu wirken. Sie schlug einen traurigen, fast wehleidigen Ton an. »Er war einfach alles für mich.« Sie sah an Doris vorbei zum Wintergarten hinaus auf die Wiesen. »Ich kann nichts Negatives finden.« Sie nahm einen Schluck Kaffee und schien die nächsten Worte gut überlegt zu haben: »Er hatte hier Ruhe und Abstand vom Klinikalltag. Er mochte die Kinder und die Tiere. Sie ließen ihn hoffnungslose Patientenschicksale vergessen.« Clara stockte, erzählte jedoch mit fester Stimme weiter: »Unser Sex war leidenschaftlich. Außerdem konnten wir uns stundenlang über alles Mögliche unterhalten.« Clara sah Doris direkt ins Gesicht, die dem Blick allerdings standhielt.

»Ach Clara«, seufzte Doris und schien nach Worten zu suchen.

172

Doch Clara fuhr schwärmerisch fort: »Wie soll ich mir den Mann meiner Träume aus den Kopf schlagen? Ich habe ihn aus Liebe bekocht, für ihn gebacken und die Hemden gebügelt.«

»Vielleicht hast du zu sehr geklammert?«, fiel ihr Doris kauend ins Wort.

Clara zuckte zusammen. Da war es das Wort: Geklammert. Genau das hatte Michael ihr unterschwellig vorgeworfen. Das alles konnte kein Zufall sein. Hatten die beiden besprochen, wie er es Ihr schonend beibringen konnte, einen Schlussstrich unter ihre Beziehung zu ziehen? Clara erfasste eine Hitzewelle. Sie spürte, wie der Puls heftig durch die Adern rollte.

»Ich habe ihn zu nichts gedrängt. Und vergiss nicht: Ich bin OP-Schwester, auch beruflich konnte er sich mit mir austauschen. Außerdem bin ich keine graue Maus.« Clara richtete sich stolz auf. Über mangelnde Verehrer konnte sie sich mit ihren 35 Jahren nicht beklagen.

»Hat dich Michael eigentlich mal gefragt, ob du mit ihm bis ans Ende der Welt gehen würdest?«

»Was spielt das für eine Rolle?«, entgegnete Clara melancholisch. Sie erinnerte sich, dass er das Thema vor ein paar Monaten angesprochen hatte. Auf die Frage, was dann aus der Mühle werden würde, hatte er nicht geantwortet. Doch das hier war ihre Heimat, ihr Zuhause. Hier fühlte sie sich glücklich.

Clara spürte, dass Doris auf irgendetwas hinaus wollte. In diesem Moment fiel ihr ein, dass Doris vor einigen Tagen ihren gesamten Jahresurlaub beantragt hatte. Wohin sie fahren würde, hatte sie ihr nicht erzählt. Wollte sie erst mal schauen, wie es sich am Ende der Welt leben lässt, später kündigen und nachziehen?

»Ich weiß ja nicht einmal, wer die Neue ist.« Clara ließ Doris nicht aus den Augen. Diese rutschte auf der Couch hin und her.

Spätestens jetzt erwartete Clara, dass Doris gestand, mit Michael zusammen zu sein. Doch diese schaute nur verlegen auf den Boden.

Auch noch zu feige, dachte Clara. Sie konnte es nicht fassen: die beste Freundin. Ihr hatte sie in ihrer Herzensnot anvertraut, wie Michael sich mehr und mehr von ihr entfernte und sie deshalb litt wie ein Hund. Doch dass Doris die Nebenbuhlerin war, darauf wäre sie im Leben nicht gekommen. Bis ins Mark fühlte sie sich erniedrigt und gekränkt.

Wie aus der Ferne drangen Doris' Worte an ihr Ohr: »Wenn er abgereist ist und dir nicht mehr über den Weg laufen kann, vergisst du ihn viel schneller.«

Abgereist? Was wusste Doris schon? Abgereist? »Du wiederholst dich«, antwortete sie, und ein Gefühl des Hasses stieg in ihr auf. »Es ist besser, du gehst jetzt.«

Als hätte Doris die letzte Bemerkung nicht gehört, fragte sie wie nebenbei: »War Michael noch einmal bei dir, um sich zu verabschieden?«

Ach, das war es, was Doris die ganze Zeit über eigentlich wissen wollte. Sie hatte um den heißen Brei herumgeredet, bis ihr der geeignete Moment gekommen schien. Wusste Doris, dass Michael vor ein paar Tagen bei ihr gewesen war?

Clara schüttelte den Kopf. »Das hätte gerade noch gefehlt. Ich kann den Schalter nicht einfach von Liebe auf Freundschaft umlegen.«

»Ich dachte nur.« Doris griff jetzt nach ihrer Tasche, bereit aufzustehen. »Na dann gehe ich jetzt. Kann ich mal auf deine Toilette gehen?«

Clara nickte und sah der schlanken Silhouette ihrer Besucherin nach. Sie lauschte auf ihre trippelnden Schritte, die ins Stocken gerieten und dann verstummten. Clara horchte auf. Die Kellertür. Doris musste etwas entdeckt haben. Clara sprang auf und rannte ihr nach.

Mit einem bestürzten Gesichtsausdruck drehte sich Doris wie im Zeitlupentempo um und deutete auf die Kellertreppe hinunter. »Das sind doch Michaels Schuhe!«

»Ja, na und?« Clara zuckte mit den Schultern. »Die wird er wohl vergessen haben.« Jetzt sah auch sie die Turnschuhe, die verloren auf der letzten Stufe standen. Schweißperlen bildeten sich auf ihrer Stirn.

»Nein, nein, die haben wir erst vor wenigen Tagen gemeinsam gekauft!« Doris biss sich auf die Lippen.

»Also doch«, entfuhr es Clara hasserfüllt, die bestätigt sah, was sie sich bis eben noch zusammengereimt hatte. Gleichzeitig wusste sie, dass sie Doris nicht einfach so gehen lassen konnte.

Mit aller Kraft stieß sie ihre Exfreundin die Kellertreppe hinab. Überrumpelt riss diese die Arme in die Luft und versuchte verzweifelt, Halt zu finden. Vergeblich.

Wie ein Wollknäuel kullerte Doris die steilen Stufen hinunter, wobei sie vor Schmerzen schrie, wenn ihr Kopf auf die Treppenkanten oder an die Wand schlug.

176

Doris blickte ihr regungslos nach. Als sie Doris stöhnend, Arme und Beine seltsam verdreht, unten liegen sah, stieg sie zu ihr hinunter.

»Du hättest eben nur auf Toilette gehen sollen.«

»Clara ich…«, röchelte Doris.

»Du hättest mir Michael nicht wegnehmen dürfen.« Wie zur Rechtfertigung schrie sie: »Du nicht!« Dann, leise murmelnd: »Du warst doch meine beste Freundin.«

Doris hustete. Ein Blutrinnsal lief ihr aus dem Mund den Hals herunter.

Claras Augen bekamen einen irren Glanz. »Die Quarkkeulchen haben dir geschmeckt? Freu dich! Es war eine ganz besondere Mehlmischung. Du bist mit Michael für immer vereint.« Claras Lachen überschlug sich. »Die Steine zermahlen alles, egal, ob Korn oder Knochen. Und Mehl ist Mehl.«

Doris' Augen weiteten sich vor Schreck, ehe ihr Kopf auf die Seite fiel.

Clara blickte auf die Tote wie auf eine Fremde. Angestrengt horchte sie nach oben, während sie die Treppen emporstieg. Sie öffnete die Haustür und blickte zum Himmel hinaus. Dunkle Wolken zogen auf, und es begann zu stürmen. Sie schätzte den Wind auf Stärke sechs. Die Mühle würde wie am Schnürchen laufen.

Elena hatte geduscht. Der Kaffee dampfte auf dem Frühstückstisch, und noch im Bademantel genoss sie diesen Samstagmorgen. So begann für die Lehrerin das Wochenende. So liebte sie es. Während sie vom Kaffee nippte, schlug sie das Lokalblatt auf. Ihr Blick blieb an der übergroßen Schlagzeile hängen:

Blitzeinschlag in der Lottmannschen Windmühle deckte Verbrechen auf!

Elena las wie gebannt weiter.

*Das Gewitter in der Nacht zum Samstag nahm für die Müllerin Clara Mechtel ein tragisches Ende, führte jedoch dazu, dass ein Verbrechen aufgedeckt werden konnte.*

*Als die Feuerwehr eintraf, um das durch Blitzeinschlag ausgebrochene Feuer in der Mühle zu löschen, kam für die Müllerin jede Hilfe zu spät. Vom Blitz getroffen, lag sie tot am Boden. Dabei machten die Feuerwehrleute einen grausigen Fund. Es befanden sich menschliche Knochen zwischen den Mahlsteinen, die mit hoher Wahrscheinlichkeit unter das Tierfutter für die Hausschweine gemischt worden wären, hätte der*

*Blitzeinschlag dem schrecklichen Werk nicht ein Ende gesetzt.*

Elena konnte es nicht fassen. Sie las weiter:

*Man vermutet, dass auch dem seit Tagen gesuchte Michael Kronert, einem Bekannten der Müllerin, dieses entsetzliche Schicksal widerfahren ist. Jedoch einen Beweis gibt es bisher nicht.*

Elena ließ die Zeitung sinken. Zu Mehl gemahlene Knochen? Ihr fielen die Quarkkeulchen ein, die sie und die Kinder mit so viel Appetit gegessen hatten. Was hatte die Müllerin noch gesagt: »Ich nehme nur selbst gemahlenes Mehl.«

Übelkeit stieg in ihr auf.

# Schwein sein lohnt sich nicht

Kein Wunder, dass alle Tische besetzt waren. Riesige Oleanderbüsche und rustikale Holztische gaben dem Freisitz im Innenhof der Pension *Zum Bauernsteg* ein mediterranes Flair und luden zum Verweilen ein.

Scheinbar mühelos trug Tessa, klein und zierlich von Wuchs, die mit Kaffee und Kuchen beladenen Tabletts. Flink eilte sie in ihren flachen Schuhen über das von der Sonne aufgeheizte Pflaster, um in der Küche für Nachschub zu sorgen. Sie legte gerade selbst gebackenen Pflaumenkuchen mit Schlagsahne auf. Da erschien ihr Mann im Servicebereich.

»Werner, hole bitte noch Getränke aus dem Keller«, bat Tessa ihn um Hilfe.

»Es war doch deine Idee, den Freisitz auf dem Hof einzurichten.« Er behielt die Hände in den Taschen.

Tessa schaute auf seine abgewetzten kurzen Shorts und die weißen Socken in den ausgetretenen Sandalen. Sie schluckte ihren Ärger herunter und verschwand mit dem Kuchenteller. Erst der eisige Blick von Werners Mutter, die den Gechirrspüler bediente, brachte ihn in Bewegung. Schnaufend stellte Werner die Getränke neben dem Tresen. Mit ein paar Flaschen Bier unter dem Arm latschte er anschließend den Flur entlang, der in den rechten Seitenflügel der Pension zu den Privaträumen führte.

Tessas blaue Augen strahlten in Richtung ihrer Schwiegermutter, als sie wieder mit einer neuen Bestellung an die Theke trat: »Das läuft gut an.«.

»Prima«, lobte Hertha sie. »Du kannst sicher sein, wir bleiben in Großzschocher nicht lange ein Geheimtipp.«

Der aufkommende Abendwind bewegte die Oleanderbüsche und bewog die letzten Gäste zum Gehen. Völlig erschöpft erledigte Tessa die Abrechnung in dem kleinen Büro neben der Küche. Leise schlich sich Hertha mit verschmitztem Lächeln und einer guten Flasche Sekt hinter Tessas Rücken. Beim Knall des Sektkorkens fuhr diese erschrocken herum, lachte jedoch, denn ihre Schwiegermutter ließ mit kindlicher Vorfreude die sprudelnden kleinen Perlen schäumend in die Sektflöten fliesen.

»Das hast du dir verdient!«, prostete Hertha Tessa zu. Der kraftvolle Klang der Gläser beendete die erste Woche der Eröffnung ihres Freisitzes.

Beide standen am geöffneten Fenster. Nur das Zirpen der Grillen störte diesen besinnlichen Moment. Hertha trat noch einen Schritt näher an Tessa heran und legte den Arm um ihre Schulter.

»Werner wird sich daran gewöhnen, dass wir jetzt einen Freisitz betreiben«, beschwichtigte sie ihre Schwiegertochter.

Tessa lächelte müde. Werner würde wie immer schon schlafen, dachte sie bitter, als sie das Wohnzimmer öffnete. Deshalb wunderte sie sich nicht, ihn schnarchend auf dem Sofa vor der flimmernden Bildröhre vorzufinden. Das hochgerutschte T-Shirt gab den Blick auf ein fleischgewordenes Bierfass frei. Tessa schüttelte den Kopf: Das konnte doch unmöglich der smarte witzige Typ sein, in den sie sich vor drei Jahren auf den ersten Blick verliebt und den sie vom Fleck weg geheiratet hatte?

Sie durchschritt den kalten Raucherdunst und stieg voller Ekel über leere Bierflaschen. Gerade als sie todmüde ins Bett sank, flog krachend die Schlafzimmertür auf. Werner schwankte auf sie zu. Gier lag in seinen Augen. »Warum hast du mich nicht geweckt?«, lallte er und ließ kein Auge von Tessas schlanken Körper, der sich unter der dünnen Sommerdecke abzeichnete. So wie er die

Couch verlassen hatte, krabbelte er ins Bett. Ihr wurde übel, als seine suchende Hand nach ihr grabschte.

»Wage es nicht, mich anzufassen!«

Die Heftigkeit, mit der sie ihm diese Worte an den Kopf schleuderte, machte ihn wütend. Die Hand, die an ihrem Körper fingerte, holte plötzlich zum Schlag aus. Tessa zog den Kopf zur Seite, sprang auf und schloss sich in der Wäschekammer ein. Sie lauschte hinaus auf den Flur. Alles blieb still. Gott sei Dank! Die Gäste haben hoffentlich nichts mitbekommen und Herthas Zimmer lag auf der anderen Seite des Ganges. Tränen rannen ihr über die Wangen, während sie wieder einmal das Reservebett aufklappte. So konnte es nicht weitergehen!

Schweigend saß Tessa an diesem herrlichen Sonntagmorgen mit Hertha vor dampfenden Kaffee und frischen Brötchen. Die Schwiegermutter spürte, dass es gestern Nacht noch Ärger zwischen den beiden gegeben haben musste. Sie zog sich zurück, als Werner mit mürrischem Gesichtsausdruck eintrat.

»Wieso sitzt du schon hier beim Frühstück?«, herrschte Werner Tessa an. »Unsere Zimmer sind noch nicht aufgeräumt.«

»Die Spuren deiner Saufgelage beseitigst du gefälligst selbst. Ich bin nicht deine Zimmerputze.«

»Ja, nicht mal dazu taugst du, gleich gar nicht für's Bett.« Werner zog die Mundwinkel nach unten.

Ruhig reden wollte sie mit Werner, ihm vorschlagen, Urlaub zu machen. Wozu eigentlich? Tessa lehnte sich zurück und verschränkte lächelnd die Arme vor der Brust. »Hast du schon mal in den Spiegel geschaut?«

Nein, sie dachte nicht nur an seine riesige – Konfektionsgröße. Auch der beste Dreitagebart schafft es halt nicht, dieses voluminöse Doppelkinn sexy erscheinen zu lassen. »Du kommst stinkend wie die letzte Destille ins Bett und erwartest Höhepunkte? Geht etwas nicht nach deinem Willen, schlägst du mich?« Sie blickte ihm fest in die Augen, als sie sagte: »Höre mit dem Saufen auf, wenn du wieder mit mir schlafen willst.«

Tessa stand auf und stellte ihr Geschirr in den Spüler. Es war ihre Ruhe, diese Selbstsicherheit, die ihn aus der Fassung brachte. Mit zusammengekniffenen Augen ballte er die Hand zur Faust, beherrschte sich aber. Schließlich konnte jeden Augenblick seine Mutter erscheinen. Zornig warf er ihr entgegen: »Du hast hier nur eingeheiratet. Du hast hier gar nichts zu sagen.«

Das war zu viel. Das musste sich Tessa nicht sagen lassen. Sie stemmte wie eine Marktfrau die Hände in die Taille und rieb ihm unter die Nase: »Es war doch deine Idee, dass ich meinen gut bezahlten Job im Interhotel aufgeben sollte, weil deine Mutter Hilfe brauchte. Ich mag sie, deshalb ist es mir leichtgefallen. Und, im Übrigen, so gut wie jetzt lief die Pension noch nie. Du hast immer die Arbeit bei der Post vorgeschoben und dich doch um nichts hier gekümmert. Also, spiel' dich nicht so auf.« Sie stieß den Geschirrspüler zu und ließ ihn einfach stehen.

Werner presste vor Wut die Lippen aufeinander.

»Werner, bist du noch bei Sinnen?« Die messerscharfe Stimme seiner Mutter ließ die erhobene Hand sinken. Tessa rannte aus der Küche.

Hertha verstand ihren Sohn nicht. Wusste er eine so fleißige und hübsche Frau nicht zu schätzen? »Was ist bei euch nur los?«, fragte sie ihn,

185

ohne eine Antwort zu erwarten. »Vielleicht wäre alles besser, wenn ihr ein Kind hättet?«

»Das fehlte gerade noch!« Werner tippte mit dem Zeigefinger an die Stirn und verließ kopfschüttelnd die Küche.

Tage nach der Auseinandersetzung beobachtete Tessa wohlwollend, dass Werner sich änderte. Obwohl er jetzt immense Überstunden bei der Post leistete, rasierte er sich immer nach der Arbeit und erschien im ordentlichen Hemd im Gastraum. Shorts sowie Sandalen blieben im Schrank. Er kümmerte sich um die Besucher, nörgelte nicht ständig an ihr herum, trank auch weniger Alkohol und schwitzte im Fitnesscenter. Sogar kleine Wanderungen organisierte Werner neuerdings für die Pensionsgäste. Er führte sie entlang der Lauerschen Wiesen, die sich gleich hinter ihrem Gehöft befanden, bis hin zum Cospudener See mit seinem schönen Jachthafen.

An diesem Morgen duschte Tessa ausgiebiger als sonst. Die aufprallenden Wasserperlen massierten sanft ihre zarte Haut und weckten in ihr die tiefe Sehnsucht nach Zärtlichkeit. »Vielleicht muss ich den ersten Schritt unternehmen«, dachte sie. Männer mochten es, wenn sie verführt werden, hatte sie kürzlich in einer bunten Frauenzeitschrift gelesen. Schließlich hatte Werner sich in den letzten Wochen sehr bemüht. Sie nahm sich kurz entschlossen den Nachmittag für einen Stadtbummel frei. Werner fuhr wegen der Urlaubszeit wieder eine zusätzliche Pakettour. So würde sie dennoch zeitig genug zurück sein, um die Kerzen anzuzünden.

Gleich im ersten Dessousgeschäft fand Tessa einen Hauch von roter und schwarzer Seide, die ihren wohlgeformten Busen und ihre schlanke Taille anregend zur Geltung brachte. In erwartungsvoller Stimmung auf den Abend beschloss Tessa in ihrer Lieblingsbar am Markt, einen Prosecco zu trinken. Gerade als sie auf den letzten Metern zum Eingang an den Fenstern vorbeischritt, glaubte sie, ein bekanntes Gesicht wahrzunehmen. Nein, das konnte nicht sein! Sie musste sich täuschen. Vorsichtig näherte sie sich dem Eingang und öffnete einen Spalt die Tür. Gerade so weit, um den Tisch am Fenster zu sehen. Wie versteinert stand sie da, mit ihrer teuren Nachtwäsche in der Einkaufstüte, mit Ihrer Vorfreude auf Versöhnung und Liebe. Sie bekam kaum Luft in diesen schmerzlichen Sekunden, als hätte ihr jemand einen Dolch ins Herz gestoßen. Behutsam trat sie zurück und schloss die Tür. Werner sollte nicht wissen, dass sie ihn gesehen hatte, wie er eine andere Frau innig küsste und ihr dabei sanft in ihr braunes Haar griff.

Tränen nahmen ihr die Sicht, als sie ihr Auto startete. Werners Mutter mochte sie jetzt nicht begegnen. Sie fuhr zur *Weinstube am Brunnen*. Den knuddeligen Wirt kannte sie gut. Hier würde es nicht auffallen, wenn sie allein erschien. Die herzliche Begrüßung brachte sie wieder in die Wirklichkeit zurück. An einen kleinen runden Tisch neben dem Tresen nahm sie Platz. Sie brauchte jetzt etwas Starkes. Der Wirt brachte ihr einen Kaffee und einen guten Cognac.

Jetzt konnte sich Tessa auch die plötzlichen Veränderungen an Werner und sein Interesse für die Gäste erklären, speziell für diese Frau Mothes, die für ein Vierteljahr die kleine Mansarde unterm Dach der Pension bewohnte. Sie wollte nach Leipzig umziehen, sich neue Arbeit und eine Wohnung suchen. Viel Glück hatte Tessa ihr auch noch gewünscht. Nur sollte sie sich dieses Glück nicht bei ihrem Mann suchen. Wie stellt sich Werner eigentlich die Zukunft vor? Das sie einfach verschwindet? Jetzt, wo sie die Pension in Schwung gebracht hatte und das Geschäft sich lohnte? Sie atmete tief durch und bestellte noch einen Weinbrand.

Ihr Blick fiel auf eine kleine Broschüre mit dem Titel *Bilder aus Großzschochers Vergangenheit,* die auf den Tageszeitungen lag. Sie griff nach dem kleinen Heimatheft und blätterte darin. Plötzlich entdeckte sie eine alte Abbildung ihrer Pension. Sie schmunzelte. Für den Augenblick vergaß sie ihren Kummer. Sie las auf zwei Seiten die Geschichte des Bauernhofes. Vieles wusste sie jedoch von ihrer Schwiegermutter.

Der Urgroßvater betrieb damals in dem heute noch vorhandenen Seitengebäude eine Schweinezucht. Die Haltung von Angler Sattelschweinen war pflegeleicht, denn sie blieben über den ganzen Sommer auf den Lauerschen Wiesen.

Tessa überflog die folgenden Zeilen. Jedoch der letzte Satz stach ihr ganz besonders in die Augen: »Diese alten Landschweine sind problemlose Allesfresser«. Gebannt blieben Tessas Augen sekundenlang an diesem Wort hängen – Allesfresser? – Allesfresser!

»Warmes Eckchen von der Lauersau« stand damals auf der alten Speisekarte der Pension, mit der Urgroßmutter das Einkommen aufbesserte. Auch heute steht dieses Gericht noch auf der Speisekarte der *Weinstube am Brunnen,* nur gab es die guten alten Angler Sattelschweine nicht mehr. Tessa überlegte. Wieso eigentlich nicht? Ökofleisch lag voll im Trend.

Tessa, die in einem Waisenheim groß geworden war, betrachtete die Pension als ihr zu Hause. Sie dachte nicht daran, für eine andere Frau zu weichen. Dafür würde sie schon sorgen, und wenn sie bis zum Äußersten gehen müsste.

Seit einigen Tagen bedrängte Tessa Werner immer mit den gleichen nervigen Fragen: Wieso er so viele Sondertouren fahren müsse? Ob es nicht auch andere Kollegen bei der Post gäbe, die in der Urlaubszeit Überstunden leisten könnten. Werner fühlte sich in die Enge getrieben. Er ahnte nicht, dass dies alles zu ihrem Plan gehörte.

»Du siehst so geschafft aus?«, empfing Tessa ihren Seitenspringer scheinbar besorgt. »Wird dir das nicht alles zu viel? Die Arbeit bei der Post, die Überstunden, und dann kümmerst du dich auch noch um die Gäste.«

Werner stutzte und griff schweigend nach dem Löffel. Tessa hatte heute extra sein Lieblingsgericht, Bohneneintopf mit Hammelfleisch, gekocht.

»Wie wäre es denn, wenn du deinen Job bei der Post kündigst?«, schlug Tessa ihm vor.

Der Löffel fiel Werner aus der Hand. Ein kaum merkliches Lächeln der Erleichterung lag auf seinem Gesicht.

Tessa tat, als bemerkte sie dies nicht und unterbreitete Werner ihr Vorhaben, wieder Angler Sattelschweine auf den Lauerschen Wiesen zu halten. In dem schmalen Seitengebäude wären nach hinten raus schnell wieder Boxen eingerichtet. Das belaste die Pension und den Freisitz im Sommer nicht. Sie würden sich Ferkel kaufen, sie nur bis zum Schlachten ziehen und schlachten müsse er ja nicht selbst. Die saftigen Wiesenkräuter gäben den Schweinen ein gutes Fleisch. Ökofleisch brächte gutes Geld, redete sie Werner ein. Er bräuchte nicht mehr die schweren Pakete austragen. Zudem hätte er viel mehr Zeit für die Gäste.

»Wie findest du diese Idee?«, schnurrte Tessa.

Werner wusste aus den Erzählungen seiner Mutter, dass alles stimmte, was Tessa sagte.

Sie beobachte Werners Gesichtszüge haargenau. Er dachte bestimmt nicht an *alle* Gäste, wenn sie sagte, er hätte dann mehr Zeit.

»Du meinst, das rechnet sich?« Seine Stirn legte sich in Falten.

»Natürlich.« Sie kitzelte seinen verschütteten Ehrgeiz heraus, als sie ihm schmeichelte, ohne seine Hilfe ginge es nicht.

»Was sagt Mutter denn dazu?«

Tessa atmete innerlich auf. Jetzt nur keinen Fehler machen. »Ich wollte dich zuerst fragen, denn du musst wollen.«

Die nächsten Tage und Wochen legte sich Werner mächtig ins Zeug. Das Einrichten der Boxen, der Einkauf der Tiere, die Futterbesorgung für ein paar Wochen Stallaufenthalt erforderten seine ganze Aufmerksamkeit. Als der letzte behördliche Stempel alles für richtig befand, staunte selbst Tessa, wie reibungslos alles lief.

Hertha fand Tessas Idee von Anfang an klasse. Sie unterstützte ihre Kinder, wie sie Tessa und Werner nannte, nach besten Kräften. Sie kramte Großmutters Rezept von dem *Warmen Eckchen von der Lauersau* aus einem alten Schuhkarton. Feierlich schob sie die Brille auf die Nase, entzifferte die Zutaten auf dem gelblichen Papierseiten und las vor:

»850 bis 900 Gramm Kamm oder Filet von dem Schwein, Bratfett, Salz, Pfeffer, Öl, frischer Bärlauch, sechs Eier, sechs Brotscheiben, Salat, eine gekochte Kartoffel, Würzsoße für den Salat (Öl und Essig mischen), frische Petersilie.«

Hertha überlegte einen Moment und stellte fest, dass diese Menge gut für sechs Personen langte.

»Die Zubereitung ist wirklich einfach«, bemerkte Hertha, bevor sie Tessa weiter vorlas:

»Das Fleisch in sechs Stücke schneiden. Einen Tag in Öl und Bärlauch liegen lassen, am nächsten Tag schonend durchbraten, aber den Zeitpunkt zum Herausnehmen nicht verpassen, damit es schön saftig bleibt. Die Fleischstücke mit Salz und Pfeffer würzen. Anschließend das Fleisch warm stellen und ruhen lassen. Den Bratenfonds mit etwas Rotwein ablöschen und ein wenig vor sich hin köcheln lassen. Die Soße mit einer zerdrückten gekochten Kartoffel abbinden und in der Zwischenzeit ein Spiegelei pro Person braten. Dann muss alles schnell gehen. Die Teller mit je einer Scheibe Brot und den Salat mit wenig Würzsoße anrichten. Das Fleisch aufs Brot legen, und darüber das Spiegelei. Natürlich wird der leckere Bratensaft mit angegossen. Das Ganze mit Petersilie garnieren – fertig.«

Hertha nahm die Brille ab. »Einfach und gut, findest du nicht?«

Sie schob Tessa das Rezept über den Tisch.

»Ja«, erwiderte Tessa leise.

Hertha schrieb die schwache Begeisterung der vielen Arbeit in den letzten Wochen zu.

Doch die Schwiegermutter freute sich. Sah sie doch, wie gut sich ihr Sohn und Tessa wieder vertrugen, in der gemeinsamen Arbeit zusammenfanden. Jetzt blieb nur noch ein Wunsch für Hertha offen, ein Enkelchen. Das wird auch noch. Davon war sie fest überzeugt. Hatte sie doch allen Grund dazu: Werner brachte Tessa Blumen mit. Sie gingen gemeinsam ins Kino. Ab und zu tranken sie ein Glas Rotwein im Bett.

Tessa fühlte sich so wohl. Sie vergaß die geballte Faust, die Demütigungen und den Seitensprung von Werner jeden Tag ein bisschen mehr. Genugtuung hatte sie empfunden, als Frau Mothes vor Wochen mit der Begründung ausgezogen war, sie wohne ab jetzt bei ihrem Bräutigam. Tessa suchte sogar die Fehler bei sich, dass es so weit hatte kommen können. Sie schien völlig aus dem Gedächtnis gestrichen zu haben, warum das *Warme Eckchen von der Lauersau* wieder auf der Speisekarte stehen sollte.

Die Nächte wurden kühler und die Schweine von den Lauerschen Wiesen in den Stall getrieben. Die schwarzweißen Vierbeiner hatten ordentlich an Gewicht zugelegt. Sie beschnüffelnden neugierig die Boxen mit wackelnden Schlappohren und lautem Grunzen. Die Abtrennung der einzelnen Boxen war so einfach wie wirkungsvoll. Werner brauchte nur die aufgelegten Balken von der Halterung zu nehmen und erhielt damit Boxen verschiedener Größe. Das erleichterte ihm auch die Reinigung des Stalles. Über den Boxen befand sich ein Heuboden, auf dem das Stroh gelagert wurde. Durch Öffnen verschiedener Luken im Boden genau über den Boxen, brauchte er dann nur von oben das Stroh fallen zu lassen. Das sparte viel Kraftaufwand. Lange würden die Schweine nicht im Stall stehen, doch gut sollten sie es bis zu ihrer letzten Stunde haben.

Im November blieb die Pension immer geschlossen. Das war der günstigste Zeitpunkt zum Schlachten, denn Werners Mutter erholte sich den ganzen Monat auf einem Weingut in Italien. Sie wollte nicht da sein, wenn die Tiere zum Schlachten geholt wurden. Ihr genügte es, wenn sie die Wurst in Dosen und Gläsern verkaufte und das Fleisch in säuberlichen Stücken im Kühlhaus hing.

An diesem grauen Novembervormittag strahlte für Tessa die Sonne. Der Frauenarzt bestätigte ihr, dass die morgendliche Übelkeit in ihrem Zustand ganz natürlich sei. Eilig verlies Tessa die Praxis. Selig, dass ihr Traum auf eine kleine Familie doch noch wahr werden würde, erreichte sie die Pension.

Niemand da. Ach ja, ihr fiel wieder ein, dass Werner an diesem Vormittag den Ablauf für das Schlachten beim Fleischer besprach. Sie schlenderte ins Schlafzimmer, streifte ihre Schuhe von den Füßen und ließ sich aufs Bett fallen. Voller Für-sorge horchte sie beglückt in sich hinein. Das mus-ste gefeiert werden. Sie dachte an einen guten Rotwein aus dem Weinregal im Keller. Zumindest Werner würde ein Glas trinken können.

Tessa erhob sich, öffnete die Kellertür und drückte statt den Lichtschalter auf der rechten Seite auf etwas Hartes. Was war das? Werners blaue Arbeitsjacke hing an einem Haken neben dem Lichtschalter, den sie verfehlt hatte. Sie schob die Jacke beiseite und knipste das Licht an. Durch den Baumwollstoff fühlte Tessa Werners Handy. Eigentlich hatte er das Handy immer bei sich. Von Neugier gepackt, schaute sie bei WhatsApp nach. Sie hätte diesem verhängnisvollen Gefühl nicht nachgeben sollen. Im Mitteilungseingang lag noch eine nicht gelöschte Nachricht: *Bis morgen mein Schatz. Ich liebe dich. Deine M.*

Ihre Hand griff nach der Haltestange. Sie setzte sich auf die Kellertreppe. Der kalte Luftzug, der aus dem Keller von den Füßen her zu ihr aufwärts drang, verstärkte in ihr den Eindruck, dass ihr Blut in den Adern zu gefrieren schien. Wer war M? Wut und Enttäuschung bemächtigten sich ihrer und sie hob die Hand, um das Handy auf den Boden zu werfen. Im letzten Moment hielt sie inne. Dann würde Werner wissen, dass sie hinter sein Geheimnis gekommen war. Sie überlegte kurz, notierte sich zur Sicherheit die Telefonnummer, steckte das Handy in die Brusttasche zurück und hing die Jacke zurück.

Rasch suchte sie das Anmeldebuch heraus. Eilig blätterte sie die abgegriffenen Seiten durch. Ihr Zeigefinger rutschte mit rasender Schnelligkeit über die Zeilen, bis sie den gesuchten Namen fand. Neben dem Familiennamen Mothes prangte der Vorname Monika. Ihr schnürte es die Kehle zu. Nur jetzt nicht Werner begegnen. Das würde sie nicht verkraften. Sie verließ die Pension, hastete in die Brückenstraße und bog kurz darauf in den kleinen Weg zum Mühlpark ein.

Im Frühjahr und Sommer fanden hier Liebespaare auf den zahlreichen Bänken hinter Flieder- und Weidenbüschen verschwiegene Plätze zum Küssen und Schmusen. Jetzt traf Tessa hier niemand. Eichen und Ahornbäume warfen ihr buntes Laub ab. Trostlos verwaist blieben die Bänke. Ihr Blick schaute auf das träge dahinfließende Wasser des Mühlgrabens. Voller Verzweiflung kullerten ihr hemmungslos die Tränen übers Gesicht. Alles Glück, welches für sie so greifbar nahe schien, versank in unerreichbarer Ferne.

Wie sehr hatte Werner sie getäuscht. Eingelullt hatte er ihren Verstand mit Blumen und Kinokarten. Hatte ihre Wunden geheilt mit ein paar Liebesnächten. Versöhnt hatte sie an eine gemeinsame Zukunft geglaubt. Dabei betrog Werner sie noch immer mit der Frau, mit der sie ihn damals in der Bar ertappt hatte. Den angeblichen Bräutigam, zu dem sie ziehen wollte, hatte es nie gegeben. Das sollte sie nur in Sicherheit wiegen.

Tessa fröstelte es. Sie schlug den Kragen hoch und steckte die Hände tief in die Taschen. Sie dachte an das Kind, das sie unter ihrem Herzen trug. Werner würde auch für ein Kind die andere Frau nicht verlassen? Und was wäre das für ein Zustand, wenn er nur wegen dem Kind bei ihr bliebe? Am Ende müsste sie gehen. Tessa ertrug es nicht, dass die andere Frau sich ins gemachte Nest setzen würde. Der Puls hämmerte plötzlich in ihren Adern, als sie daran dachte, dass sie sich schon einmal geschworen hatte, nicht für diese Frau zu weichen. Bis zum Äußersten wollte sie damals gehen.

Ihr Plan, tief im Inneren verschüttet, drang mit mörderischer Schärfe in ihr Bewusstsein zurück. Sie fand den Zeitpunkt zu allem Unglück günstig. Ihre Schwiegermutter weilte in Italien. Die Pension öffnete erst wieder im Dezember.

Tessa nahm das fast zerbröselte Papiertaschentuch aus der Manteltasche und trocknete ihre Tränen. Mit ihren kalten Händen kühlte sie die verheulten Augen. Einen Augenblick lang dachte sie an Hertha. Nein, ihre Schwiegermutter konnte nichts für ihren missratenen Sohn. Sie bekommt, als Ausgleich sozusagen, ein Enkelchen.

Langsam zogen zarte Nebelstreifen vom Wasser herauf und begannen den Park einzuspinnen. Tessa raffte ihren Mantel noch enger zusammen. Auf dem Weg zurück schien es ihr, als wüsste jeder Baum und Strauch um ihr grausiges Vorhaben. »Er ist selbst schuld!«, schrie sie in den Nebel und rannte aus dem Park.

»Zwei Zimmer brauchen unbedingt einen neuen Anstrich«, eröffnete sie Werner am nächsten Tag beim Frühstück. Werners Begeisterung hielt sich in Grenzen.

»Ich werde dafür die Schweine füttern. Dann brauchst du nicht in den Stall. Nur ab Freitag musst du die Fütterung wieder übernehmen.« Tessa strich die Kirschmarmelade besonders dick aufs Brötchen.

»Wieso ab Freitag?«

»Ich weiß nicht, ob ich dir schon sagte, dass die Touristikmesse in Dresden dieses Wochenende stattfindet?« Tessa biss von dem Brötchen ab.

Werner schüttelte den Kopf.

Erst als sie den Bissen hinunter geschluckt hatte, antwortete sie: »Eine Freundin von mir, du weißt schon, die den Ferienpark ‚Maura‘ bei Halle betreibt, ist ebenfalls dort. Sie bat mich, den Stand mit ihr zu teilen, da ein anderer Geschäftspartner abgesprungen sei. Ich nehme Prospekte mit, günstiger kann ich Werbung nicht bekommen. Es kostet für uns nichts und Montag bin ich schon wieder zurück.« Tessa tätschelte Werners Arm: »Du wirst doch mal vier Tage ohne mich auskommen?«

Das saß! Werners Gesicht hellte sich auf. Bestimmt dachte er an das sturmfreie Wochenende.

Tessa deckte Werner noch mit vielen kleinen Reparaturarbeiten zu, die immer so anfielen, aber Zeit gehabt hätten. Zudem kaufte sie für die Zimmer neue Gardinen, die ebenfalls umgehend aufgehängt werden sollten. Werner erledigte alles und Tessa kümmerte sich um die Tiere.

Freitag. Tessa blickte auf die Uhr. Noch eine Viertelstunde bis das Taxi käme. Werner in Arbeitssachen, trug ihre Reisetasche vor die Tür. Tessa war hin und her gerissen. Sie könnte jetzt noch alles rückgängig machen, auf einmal Kopfschmerzen vorschieben und einfach nicht fahren. Sie sah das Taxi um die Ecke biegen. »Werner ich ...«

»Mach dir keine Sorgen. Ich komm schon klar«, unterbrach Werner sie. Seine Stimme klang so einnehmend ehrlich. Er trat einen Schritt auf Tessa zu und umarmte sie. Dabei spürte sie etwas Hartes an ihr Herz drücken. Das Handy, schoss es ihr durch den Kopf. Bestimmt lag die WhatsApp noch im Speicher. Sogar bei dieser letzten Umarmung drückte die andere Frau sich zwischen sie. Tessa machte sich los, griff nach der Reisetasche. Das Taxi fuhr mit ihr davon, ohne dass sie sich noch einmal umschaute.

Auf der Touristikmesse drängelten sich sehr viele Schau- und Reiselustige. Tessa gab gerade ordentlich Prospekte aus, als sie zwei grüne Uniformen am Samstagvormittag auf ihren Stand zukommen sah. Ihr stockte der Atem. Es war geschehen.

Sie sah es ganz genau vor sich: Mit lautstarkem Quieken haben die Tiere Werner im Stall empfangen, denn drei Tage vor ihrer Abfahrt hatte Erika die Schweine nicht gefüttert, damit die Allesfresser einen Mordsappetit bekämen. Zum Füttern würde er den Heuboden betreten und durch die schon geöffneten aber mit Stroh verdecken Luken in den Schweinestall fallen. Die Höhe reichte, um sich das Genick zu brechen. Es schauderte sie bei dem Gedanken, dass die Schweine nichts von ihm übrigließen und er als Warmes *Eckchen von der Lauersau* auf dem Teller landen würde.

»Sind Sie Tessa Leitner«, fragte einer der Herren.

Sie nickte mit besorgtem Gesichtsausdruck.

»Können wir mit Ihnen reden?«

Tessa und die Polizisten gingen in die kleine Kaffeeküche, die zu ihrem Stand gehörte. Sie setzte sich auf den einzigen freien Stuhl zwischen Prospekten, Kaffeegeschirr und Kühlschrank. Ihr Herz drohte ihren Brustkorb zu sprengen.

Nervös klemmte sie die blonden Locken hinters Ohr und erkundigte sich mit zittriger Stimme: »Ist etwas passiert?«

Aufkommende Zweifel bescherten ihr eine Gänsehaut. Hatte sie wirklich an alles gedacht? Ist etwas schief gegangen? Sollte Werner die geöffneten Luken nicht übersehen haben? Oder hat er den Absturz überlebt und konnte sich noch retten?

»Frau Leitner, wir müssen Ihnen mitteilen, dass Ihr Mann tot ist.«

»Das ist doch nicht möglich«, erwiderte Tessa leise. Sie starrte den Polizisten mit weit aufgerissenen Augen an und schüttelte den Kopf. »Ja, wie, wieso?«, Tessa spürte, dass der Polizist sie genau beobachtete.

»Frau Leitner, Ihr Mann hatte sich für das Wochenende ein BMW- Cabrio ausgeliehen. Auf der Ausfahrt am Freitag kam der Wagen bei einem Überholmanöver auf der Landstraße von der Fahrbahn ab und überschlug sich. Ihr Mann verstarb noch, bevor der Notarztwagen eintraf.«

»Was?« Die Überraschung brauchte Tessa nicht zu spielen. Ganz offensichtlich, hatte es Werner kaum erwarten können, dass das Taxi sie zum Bahnhof brachte. Schon eine Stunde später saß er mit seiner Monika im Cabrio zur Spritztour ins

Wochenende, die eine halbe Stunde später so ein grausames Ende nahm.

»Frau Leitner, leider muss ich Ihnen noch mitteilen, dass eine Frau am Steuer saß. Sie liegt schwerverletzt im Krankenhaus, wird es allerdings überleben.«

»Ich bin sprachlos«, erwiderte Tessa ehrlich aus tiefsten Herzen.

Der Taxifahrer freute sich über das reichliche Trinkgeld, das Tessa ihm für die schnelle Heimfahrt gab. Sie blickte auf ihre Uhr. Eine Stunde blieb ihr noch Zeit, bis der bestellte Fleischer die Schweine zum Schlachten holen würde.

*Warmes Eckchen von der Lauersau* würde bei ihr nicht auf der Speisekarte stehen.

Erschöpft ließ sie sich in den Sessel sinken. Ihre Hand streichelte über den noch flachen Bauch. Eine Last fiel von ihr ab, wenn sie an das Kind dachte. Ihrer Schwiegermutter konnte sie auch wieder in die Augen schauen, denn nur um ein Haar hätte sie...

Sie hatte noch einmal Schwein gehabt.

## Todesleuchten

»Komm, wir setzen uns!« Lea zog Mattheo an der Hand zu den Kirchenstühlen, die sich im Mittelschiff der Michaeler Kirche befanden. Sie nahmen in der ersten Reihe Platz. Leas Schatz stellte den Rucksack auf den gefliesten Boden. Von hier aus blickten beide auf den prunkvollen Altar und den vier hohen Kirchenfenstern.

Lea war überwältigt von all der kirchlichen Pracht um sie herum.

»Freust du dich auf nachher?« Seine rechte Hand tastete nach der ihren. Sanft lehnte sich Lea an Mattheos Schulter. Seit einem Jahr waren sie ein Liebespaar. Sie schienen wie füreinander geschaffen, nicht zuletzt, weil sie etwas miteinander teilten: ihre große Leidenschaft für die angesagte Wave-Gotik-Szene. Als Mattheo sie zu einem Ausflug ins unbekannte Wien eingeladen hatte, wusste Lea gleich, dass er etwas ganz Besonderes geplant hatte. Auch sie hatte sich etwas vorgenommen, wollte Mattheo überraschen. Dafür hatte sie extra eine kleine Schmuckschatulle mitgebracht, die sie in ihrer schwarzen Umhängetasche für den passenden Moment aufbewahrte.

»Ich habe Durst. Hast du etwas zu trinken? « Lea strich ihr halblanges schwarzes Haar hinter das Ohr.

»Später, gleich geht die Führung los. Wir müssen zum Seiteneingang.«

»Ach, der Rundgang beginnt gar nicht hier?»

»Nein, es geht in die untere Etage.«

Mit einem letzten Blick auf Maria Candia verließen sie die Kirche, um den außen gelegenen Seiteneingang zur Gruft zu erreichen. Hier stand eine Gruppe von etwa 17 Besuchern, ganz unterschiedlichen Alters, überwiegend Paare. Mattheo und Lea waren eindeutig die Jüngsten und sahen auch sonst mit ihrer schwarzen Grufti-Kleidung anders als die anderen Teilnehmer aus.

Ein älterer grauhaariger Mann erschien unter dem Torbogen des Eingangs. Er trug ein dunkles Hemd und Jeans. Über die Schultern hatte er einen schwarzen Umhang gelegt.

Nachdem er das Eintrittsgeld kassiert hatte, sprach er mit salbungsvoller Stimme, die jedem Pfarrer zur Ehre gereicht hätte: »Ich werde Sie in das Reich der Toten führen. Eckert ist mein Name. Doch bevor es in die Totenstadt geht, möchte ich

Ihnen folgendes sagen: Der Tod gehört zum Leben. Wenn Sie nach unserem Rundgang aus der Tiefe der Gruft in ihren Alltag zurückkehren, denken Sie daran.« Es klang wie eine Mahnung. Dabei hatte er gar nicht so Unrecht, dachte Lea. Den Gedanken an die Endlichkeit des Lebens verdrängen die meisten Menschen.

»Folgen Sie mir!« Eckert führte die Gruppe einen kleinen Gang entlang, dessen unverputzte Wände den Blick auf alte Ziegelsteine freigaben, die einen muffigen Geruch verströmten. Bald darauf verkündete er in einer Art Singsang, dass sie gleich eine barocke Gruft betreten würden, deren 19 Teilräume mit etwa 250 Särgen angefüllt waren. Außerdem gäbe es noch weitere Räume, die im Moment noch vor der Öffentlichkeit verschlossen waren.

Der Gang mündete in einen Vorraum mit einer schweren Eichentür, in die ein großer Totenkopf geschnitzt war. Das musste die Tür zur Unterwelt sein.

»Warum dürfen wir denn nicht alle Räume sehen?«, wollte Mattheo wissen.

Mit hochgezogenen Augenbrauen räusperte sich Eckert: »Die Räume sind noch nicht saniert. Dort gibt es keine Klimaanlage, die die Rüsselkäfer davon abhält, aufgestapelte Särge und Mumien zu fressen, und auch keine Beleuchtung.«

Eckert straffte sich und hob die Arme, wobei er den schwarzen Umhang ausbreitete wie eine Fledermaus ihre Flügel: »Gleich sehen Sie, wie die Reichen und Schönen in vergangenen Zeiten zur Ruhe gebettet wurden.«

In dem spärlichen Licht bekamen seine Augen einen irren Glanz. Irgendwie schien er nicht mehr der nette grauhaarige Alte zu sein, der sie am Eingang in Empfang genommen hatte. Unbehagen lag in der Luft. Mit einem großen schmiedeeisernen Schlüssel aus Messing öffnete Eckert die schwere Holztür und schritt hindurch. Dicht aneinandergedrängt folgte ihm die Gruppe. Jeder schien die Nähe des anderen zu suchen.

Lea griff nach Mattheos Hand.

»Keine Angst«, raunte er ihr zu.

»Ich habe keine Angst«, erwiderte sie und lächelte Mattheo erwartungsvoll an. Beide spürten nicht die kalte Luft, die sie umfing und nahmen auch den modrigen Geruch nicht wahr.

Eckert ging weiter voran und blieb nach wenigen Metern in der Mitte des Hauptraumes stehen. »Der Grund, einen Friedhof unter der Kirche anzulegen, waren der Platzmangel in der Stadt und die Pest. Außerdem wollte die Kirche nicht auf Einnahmen verzichten. Doch auch der unterirdische Platz von mehr als 800m² reichte damals irgendwann mal nicht mehr aus.«

Er streckte den Arm aus und deutete mit dem Zeigefinger auf den Boden: »Deshalb wurden die Särge gestapelt.« Dann hob er die Stimme, und es klang anklagend, als er sagte: »Als dies ebenfalls nicht reichte, zerstörte man die Särge mitsamt dem Inhalt. Vermischt mit Sand und Steinen wurde so nach und nach der Boden um ca. 1,50 angehoben. So wurde neuer Platz für weitere Sargplätze geschaffen.«

Eckert ließ seine Worte wirken. »In einigen Nischen sehen sie die stummen Zeugen dieses Vorgehens.«

Seine Hand zeigte nach links. In schierendlosen Reihen lagerten Totenköpfe, deren schwarze Augenhöhlen sie anzustarren schienen. Einige Besucher wichen einen Schritt zurück. Andere traten von einem Bein auf das andere. Wurde ihnen bewusst, dass sie genaugenommen auf zerriebenen Knochen und Särgen liefen? Keiner sagte ein Wort. Stille. Eckert lächelte verstohlen und setzte den Rundgang fort.

Einzelne Mauerbögen unterteilten den Raum in kleine Abteilungen. Immer wieder blieb Eckert vor ausgewählten Särgen stehen. Mit leiser Stimme erklärte er die Malereien und die Bedeutung der Verzierungen auf den Sargdeckeln, die den Tod und die Wiederauferstehung darstellten.

Lea strich zärtlich über den einen oder anderen der neu aufpolierten Särge, die wegen der Feuchtigkeit auf kleinen Steinsockeln standen. Die patinierten Kupfersärge fand Lea außergewöhnlich schön. Besonders beeindruckten sie die Mumien, die in ihrer Bekleidung aus Samt und Seide die Jahrhunderte überdauert hatten und nur zu schlafen schienen.

»Unglaublich, wie man noch die Stiefel und die Stickereien erkennen kann«, hauchte sie.

Mattheo legte den Arm um ihre Taille. Ein wohliges Gefühl durchflutete ihren Körper.

Dieses Gefühl wurde noch verstärkt, als er in ihr Ohr flüsterte:»Wollen wir die Nacht über hierbleiben?«

»Du meinst…?«

Sie sprach den Satz nicht zu Ende. Wie noch nie begehrte sie Mattheo in diesem Moment.

In kleinen Schritten folgten sie den anderen Besuchern und ließen den Abstand dabei immer größer werden. Als der Gang in einen leichten Knick nach rechts in den nächsten Gruftraum führte, versteckten sie sich hinter einem Mauerbogen.

Mattheo hielt den Zeigefinger an die Lippen, und beide horchten, ob sich die Gruppe weiter entfernte. Wurde ihr Zurückbleiben bemerkt? Leas Puls schien in doppelter Schlagzahl durch die Adern zu pochen. Auch Mattheo atmete schneller. Angespannt setzten sie sich auf den Sarg vor ihnen und warteten.

Dann erlosch das Licht. Das sichere Zeichen, dass Eckert die Führung beendet hatte. Im ersten Moment erschrak Lea und klammerte sich an Mattheos Arm. Doch er aktivierte die Taschenlampe auf seinem Handy und leuchtete über den Mauerbogen. Als er den Temperaturregler fand, mit dem die unterirdischen Räume konstant auf 12 – 14 Grad Celsius wegen der Rüsselkäfer gehalten wurden, drehte er ihn auf.

»Damit dir nicht kalt wird, Schatz.«

Er reichte ihr das Handy und begann, den Ruckack auszupacken. Wein, Gläser und sogar eine Serviette platzierte er auf einem der Särge. Dann brach er eine Schokolade in kleine Stückchen und legte sie in eine schwarze Schale aus Metall. Außerdem breitete er eine Decke aus.

»Wie romantisch.« Lea lächelte und fand den Augenblick passend. Verliebt holte sie ihr schwarzes Schmuckkästchen aus der Tasche. Mattheo hielt inne.

Vielleich ahnte er etwas? Leas Herz hüpfte vor Glück. Sie klappte das Schmuckkästchen auf. Zwei Ringe glitzerten im Schein der Taschenlampe. »Willst du mein Mann werden? Willst du auf immer und ewig mit mir zusammen sein?« Lea schaute in Mattheos braune Augen. Sie merkte ihm die Überraschung an.

Doch ihr Schatz zögerte keine Sekunde mit seiner Antwort. »Ja«, hauchte er. »Ich liebe dich!«

Lea ließ sich den Ring aufstecken, ehe sie den anderen über seinen Finger streifte.

Gleich darauf lag sie in seinen Armen. Ihre Lippen fanden sich. Leidenschaftlich erwiderte sie seine Küsse, und für einen Moment vergaß sie, wo sie war. Sie spürte nur noch ihn, Mattheo. Wie sehr sie ihn doch liebte.

Ein Gedanke schoss ihr plötzlich durch den Kopf, und sie machte sich von ihm frei. »Sind wir hier unten wirklich ganz allein?«

Der frisch Verlobte ließ den Strahl der Taschenlampe über die Särge wandern. Wie schwarze Finger huschten Schatten über die Wände.

»Allein im Reich der Toten mit all den Mumien und den Skeletten in diesen Särgen.«

Er klopfte auf den Sarg vor ihnen, doch in einem Moment der Unaufmerksamkeit rutschte ihm das Handy aus der Hand und zerschellte am Boden. Plötzlich war es stockdunkel.

»Mist.« Lea tastete über die feuchte Erde. Ihre Finger berührten kleine, spitze Dinger. Waren das etwa Knochen?

Sie stieß einen kleinen Schrei aus. Etwas streifte ihr Haar. Was war das? Vielleicht eine Spinne, die sich von der Ziegeldecke herabgelassen hatte oder eine Fledermaus.

Sie versuchte die Dunkelheit zu durchdringen. Aber sie sah nichts, wie auch? Stattdessen hörte sie etwas rascheln, ganz nah.

Es musste aus dem Sarg kommen, direkt neben ihr. Ein Knabbern und Schmatzen.

»Da vernascht jemand unsere Schokolade.« Mattheo klang wütend.

»Etwa ein Toter?« Lea wurde unheimlich.

»Quatsch, eine Ratte vielleicht.«

Plötzlich fuhr Lea zusammen. Etwas hatte sie gebissen. Ins Bein. Ein Rüsselkäfer? Sie strich über die Wunde und spürte etwas Feuchtes. Blut. Für einen Moment war es ganz still. Kein Rascheln, aber dafür ein Schnüffeln. Würde der Geruch des Blutes noch anderes Getier anlocken? Ratten vielleicht? Erst jetzt nahm sie auch den modrigen Geruch war, der sie einhüllte, wie ein Leichentuch.

»Hilf mir, Mattheo.« Sie schluchzte auf.

Eckert schmunzelte, als er die Tür zur Gruft verschloss. Irgendwie hatte er es gleich gewusst. Das junge Liebespaar, das auch noch zur Grufti-Szene gehörte, hatte sich für die Nacht einschließen lassen. Die letzte Gewissheit ergab die Zählung. Seit er Jung und Alt durch Wiens Unterwelt führte, hatte er sich angewöhnt, die Leute vor und nach jeder Führung zu zählen. Schließlich wollte er kein Risiko eingehen.

Liebe macht einfach blind, wenn die Hormone verrücktspielten. Das war bisher allen Paaren so gegangen, die sich sonntags hatten einschließen lassen. Kein liebestolles Paar hatte bisher bedacht, dass die nächste Führung erst an dem kommenden Donnerstag stattfand. Diesen kleinen Schrecken gönnte er den jungen Leuten, wenn er sie dann am nächsten Tag herausholte, denn auf mehrere Tage ohne Wasser und Nahrung war noch kein Paar eingerichtet gewesen. Eine Welle der

Dankbarkeit schlug ihm dann entgegen, und es gab oft ein hohes Trinkgeld als Belohnung.

Am darauffolgenden Morgen erledigte Eckert erst seinen Einkauf in Supermarkt. Mit vollem Einkaufsbeutel ging er in Richtung der Michaeler Gruft. Gerade als er die Bräunerstraße überquerte, rissen die Henkel der Einkaufstüte. Der gesamte Inhalt fiel auf die Straße. Die Milchflasche aus Glas zersprang in tausend Stücke, Brötchen und Äpfel kullerten auf die Fahrbahn. Erschrocken blieb er stehen, bückte sich. Plötzlich nahm er einen großen Schatten wahr. Eckert richtete sich auf, doch zu spät. Schon hatte ihn der Bus erfasst. Hart schlug sein Kopf auf den Beton. Stöhnend lag er da, unfähig sich zu rühren.

Der Fahrer sprang aus dem Bus. Passanten eilten herbei. Irgendjemand rief um Hilfe. Einer telefonierte mit dem Handy nach dem Krankenwagen.

»Bleiben Sie ruhig. Hilfe kommt gleich«, versuchte der Busfahrer, ihm Mut zu machen, doch Eckert nahm von all dem wahr nichts mehr wahr. Er bekam kaum noch Luft. Blut drang aus seinem Mund.

Er dachte an das Liebespaar in der Gruft. Vor seinem inneren Auge sah er die beiden, wie sie sich verliebt angeschaut hatten. Wer sollte ihnen jetzt noch helfen? Es ist meine Schuld. Hätte ich doch nur...

Mit letzter Kraft riss er die Augen auf und stammelte: »Sie müssen das Pärchen retten.«

Der Busfahrer beugte sich über ihn. »Was haben Sie gesagt?» Dann rief er in die Runde: »Er röchelt nur noch, wo bleibt der Sanitäter?«

Vor Eckerts Augen wurde es dunkel. Zu spät, nur Gott konnte jetzt den Verliebten helfen. Dann lag er still.

## Unverhofft kommt oft

Der 45-jährige Kevin Pinter wohnte in einer Eigenheimsiedlung am Stadtrand von Marienberg. Jeden Tag lief der Dachdecker auf seinem Heimweg von der Bushaltestelle aus über den quadratischen Marktplatz, vorbei an wunderschönen Bürgerhäusern in die Poststraße nach Hause.

An diesem Novembernachmittag knirschten seine Schuhe über den Schnee und der eisige Wind blies ihm ins Gesicht. Doch dies schien Kevin nicht zu bemerken. Er dachte an den gestrigen Abend. Bei Kerzenschein, nach einem gemeinsamen Bad zwischen Schaumblasen und Rosenblättern, hatte seine Frau ihn gefragt, ob es nicht endlich Zeit für Familiennachwuchs sei. Dabei hatte sie schelmisch ein Auge zugekniffen und bestimmt schon an die Machart gedacht.

Der Schreck war ihm in die Glieder gefahren. Mit einem verkrampften Lächeln und einem Glas Weißwein hatte er die Situation überspielt. Im Bett war er dann absichtlich eingeschlafen. Sicher war Cynthia enttäuscht gewesen. Was sollte er nun machen? Wenn er nur an ihren Wunsch dachte, brandeten Hitzewellen durch seinen Körper. Volle Windeln, durchwachte Nächte und Besuche beim Kinderarzt? Das war nicht sein Ding. Er hatte nichts übrig für Schreihälse, die rund um die Uhr Betreuung einfordern würden.

Vor fünf Jahren hatte er in Cynthias Familie eingeheiratet und lebte seitdem in Marienberg. Er liebte diese Stadt, die etwas Vornehmes ausstrahlte und nichts von der Enge hatte, die in vielen Großstädten herrschte.

Schon vor der Hochzeit hatte er kein Geheimnis daraus gemacht, dass er ganz ohne Kinder glücklich war. Das musste Cynthia vergessen haben. Bisher hatte er geschickt vermieden, ihr dafür den wahren Grund nennen zu müssen. Er wollte das Leben genießen.

Wieso dachte sie gerade jetzt an eine Familie? Mit dem im letzten Jahr geerbten Vermögen ihres Vaters könnten sie beide reisen, wohin sie wollten, und es sich schön machen. Doch wenn er sich jetzt scheiden ließe, würde er die Aussicht darauf und auf die Hälfte des Einfamilienhauses seiner Frau verlieren. Erst vor zwei Jahren hatte er es neu eingedeckt. Das Spitzdach, wie im Marienberg meist üblich, hatte sein ganzes Können abverlangt. Natürlich hatte er keinen Lohn eingefordert. Für diesen Liebesbeweis ließ ihn seine Frau als Miteigentümer zu gleichen Teilen ins Grundbuch eintragen.

Krampfhaft umfassten Kevins Finger den Henkel seiner Arbeitstasche. Er würde mit ihr reden müssen, auf Cynthias Einsicht hoffen, wenn nicht…

Sechs Wochen später. Wieder stapfte er nach Arbeitsschluss über den Schnee, der matschig war, denn seit Mittag hatte es leicht zu tauen begonnen.

Kevin wartete seit Tagen auf Post. Genauer gesagt, auf ein Schreiben von der Staatsanwaltschaft, das ihm endlich die Bestattung von Cynthia erlaubte. Dann wäre er frei. Frei von allen Zwängen und Kinderwünschen. Dann würde ihm außerdem das ganze Erbe gehören.

Bisher war alles nach Plan verlaufen.

Der Schwiegervater war im letzten Sommer beim Kirschen ernten verunglückt. Ganz wild hatte er zuerst mit den Armen gewedelt, als würde er aufgescheuchte Wespen abwehren. Cynthia, die gerade von Arbeit kam, lief in den Garten am Haus. Dass ihr Vater verzweifelt gegen eine Drohne ankämpfte, konnte sie von unten durch das Blattwerk nicht erkennen. Als sie nach ihrem Vater rief, war er vom Baum gefallen wie eine reife Tomate vom Strauch. Ohne nach oben zu schauen, hatte sie sich um ihren sterbenden Vater gekümmert. Geräuschlos war die Drohne zu Kevin zurückgeflogen und in seiner Aktentasche verschwunden. Ein bedauerlicher Unglücksfall ...

Nur noch wenige Minuten bis zum Briefkasten, bis zu einem sorglosen Leben. Cynthia hätte nicht sterben müssen. Warum konnte sie nicht sehen, dass ein Leben ohne Kinder auch seine Reize hatte? Fast hätte er sein Geheimnis preisgegeben, sich ihr anvertraut, dass er keine Kinder zeugen konnte. Aber dazu kam es nicht.

In der heftigen Auseinandersetzung am Tag nach dem Bad hatte sie ihm an den Kopf geworfen, es gäbe auch noch andere Männer. Da hatte Kevin rot gesehen.

Wie immer kochte er am nächsten Morgen den Kaffee, bevor beide den Weg zur Arbeit antraten. Cynthia kam und setzte sich an den Frühstückstisch am Fenster. Sie sah in den schneebedeckten Garten.

Kevin nahm die Tassen von der Kaffeemaschine. Wie gewohnt gab er schon Zucker und Milch hinein. Mit ruhiger Stimme sagte er: »Also,

Cynthia, ich habe noch einmal über alles nachgedacht. Wenn ein Kind dein Herzenswunsch ist, dann soll es in Gottes Namen so sein.« Er stellte beide Kaffeetassen auf den Tisch und schob eine zu ihr hin.

Cynthia hob den Kopf. »Ist das dein Ernst?« Ihre Augen strahlten. Doch dann senkte sie den Blick und sagte leise: »Verzeih mir. Ich wollte dich nicht unter Druck setzen, als ich das von den anderen Männern sagte.« Sie nahm einen Schluck Kaffee.

»Jaja, ist schon gut. Vergessen«, beschwichtigte er, »Aber los jetzt. Wir müssen zur Arbeit.« Er leerte in einem Zug seine Tasse.

»Da bin ich aber erleichtert, dass du mir das nicht krumm nimmst.« Cynthia atmete tief aus. »Heute Abend feiern wir ganz groß Versöhnung, ja?« Sie legte den Kopf schräg und wirkte auf einmal beschwingt. Kevin hatte genickt und auf die Uhr geschaut.

»Ich muss auch los«, sagte Cynthia, trank ihren Kaffee, stand auf und griff nach den Autoschlüsseln. An der Tür drehte sie sich noch einmal um und winkte ihm lächelnd zu. Die Haustür klappte. Jetzt lag alles in Gottes Hand.

Kevin traf pünktlich in der Werkhalle ein, wo

sie gerade das Material für den nächsten Auftrag zusammenstellten. Kurz nach der Mittagspause wurde er angerufen. Seine Frau sei mit dem Auto verunglückt.

Er ließ alles stehen und liegen. Auf dem Polizeirevier erhielt er die Auskunft, dass Cynthia mit dem Auto auf der Landstraße einen Baum gestreift hatte. Anschließend war sie noch eine kleine Böschung hinuntergefahren. Zu spät war der Unfall entdeckt worden. Der Notarzt konnte nur noch ihren Tod feststellen. Kevin gab den schockierten Ehemann. Er hatte absolut nichts dagegen nicht, dass das Auto seiner Frau noch zur kriminaltechnischen Untersuchung musste.

»Herr Pinter, sie müssen Ihre Frau noch identifizieren«, schloss der Beamte seine Ausführung. Mit einem verstohlenen Blick auf die Uhr hatte Kevin zerknirscht genickt.

Das war nun einige Wochen her. Nach Abschluss der Untersuchungen hatten die Beamten bestätigt, dass es ein Unglücksfall gewesen war, der Cynthia Pinter viel zu früh aus dem Leben gerissen hatte.

Kevins Herz hüpfte vor Freude. Schon seit Tagen hatte er sich tolle Urlaubsziele ausgesucht. Die Hotels konnten nicht genug Sterne haben. Er wartete nur noch auf die Freigabe von Cynthias Leiche zur Bestattung.

Bis jetzt hatte er sich keinen Fehler geleistet. Die Menge der K.-o.-Tropfen in Cynthias Kaffee hatten bei ihr ausgereicht, um sie fahruntüchtig werden zu lassen. Wohl dosiert, waren sie in ihrem Blut nicht mehr nachzuweisen gewesen. Allerdings hätte man das Unfallauto auch nicht früher entdecken dürfen.

Endlich erreichte er den Eingang seines Hauses. An einer kleinen Säule unmittelbar daneben war der Briefkasten angebracht. Eigentlich hatte er über der Haustür eine kleine Überdachung bauen wollen. Bei Regen oder einsetzendem Tauwetter tropfte es einem vom Dach des Hauses direkt auf den Kopf. Bisher war er jedoch noch nicht dazu gekommen.

Kevin öffnete hastig die kleine Metalltür des Briefkastens. Da lag er, der heiß ersehnte Umschlag. Er stellte die Aktentasche ab und fetzte das Kuvert auf. Während er die Höflichkeitsfloskeln überflog, knackte es an der Dachrinne. Vertieft las er: »... kann ihre Frau bestattet werden.« Er presste den Umschlag gegen die Brust und schloss für einen Moment die Augen. Endlich war er am Ziel seiner Träume. Während ihn eine Welle der Vorfreude durchflutete, gab es ein weiteres leises Knacken und ein merkwürdiges Schusseln. Kevin schaute nach oben. Zu spät. Ein meterlanger Eiszapfen sauste herab. Ungebremst drang dessen Spitze tief in seinen Schädel.

Ein Unglücksfall.

**Für diese Sonderausgabe wurden bereits veröffentlichte Krimigeschichten bearbeitet und zusammengefasst:**

Phantom der Oper in Mords-Sachsen 1, Hrsg. C. Puhlfürst/ P. Steps, Meßkirch,
Gmeiner-Verlag, 2007
Tiefer und tiefer in Tödliches von Haff und Hering, Hrsg. R. Borcherding-Witzke/S. Hinzmann, Halle (Sa-ale), Mitteldeutscher Verlag Halle, 2008
Manchmal werden Träume wahr und Keine Rückkehr nach Heidiland in Mords-Ferien, Hrsg. A. Hartmann/C. Puhlfürst, Zwickau, Buchvolk Verlag, 2015
Oma schlägt zurück in Mord-Ost, Hrsg. A. Hartmann/ C. Puhlfürst, Zwickau, Buchvolk Verlag, 2013
Ein ATA-Girl räumt auf in Mörderische Landschaften, Hrsg. R. Borcherding-Witzke/S. Hinzmann, Erfurt, Sutton Verlag, 2011,
My Way in Mords-Musik, Hrsg. G. Emmerlich/S. Tann-häuser, Zwickau, Buchvolk Verlag, 2014
Kaltes Lager in Mord zwischen Klüeß und Knölla, Hü-tes und Hebes, Hrsg. R. Borcherding-Witzke/ S. Hinz-mann, Halle (Saale), Mitteldeutscher Verlag Halle, 2007
Windstärke sechs in Mords-Sachsen 5, Hrsg. C. Puhl-fürst/K. Ulbrich, Meßkirch, Gmeiner Verlag, 2012
Schwein sein lohnt sich nicht in Mörderisch legger, Hrsg. R. Borcherding-Witzke, S. Hinzmann, Halle (Saale), Mitteldeutscher Verlag Halle, 2006
Todesleuchten in Wien morbid, Hrsg. U. Schimunek, U. Voehl, G. Zäunert, Leipzig, Lychatz Verlag, 2021
Unverhofft kommt oft in Schatten über dem Erzgebirge, Hrsg. Kul(T)our-Betrieb, Baldauf Villa, 2020

Ethel Scheffler

## Gestohlenes Leben

Karl Meissner wird tot nahe des Elsterflut-
beckens in Leipzig aufgefunden. Spuren?
Fehlanzeige. Die Suche nach dem Mörder wird
der erste Fall der Kriminalhauptkommissarin
Karen Goldtotter als frischgebackene Chefin der
Mordkommission. Gesundheitlich angeschlagen
und noch in Trauer um ihren Freund Paul,
übernimmt sie den Fall. Unterstützung bekommt
sie von einem Kollegen aus Hamburg sowie von
ihrem Schwager Jörg Hagelgans, der als
Hausmeister arbeitet und selbst gern ein
Kriminaler geworden wäre. Als noch eine zweite
Leiche gefunden wird, verstärkt Staatsanwalt
Eberhard Sander den Druck auf sie. Er zweifelt
an Karens kriminalistischen Fähigkeiten, droht,
das LKA einzuschalten.

**Ein Leipzig-Krimi**
**erschienen im Ruhrkrimi-Verlag,**
**ISBN:** 978-3-947848-79-9, auch als E – Book
erhältlich